S A B I
JN105091
THE WORLD BLOWS THE WIND ERODES LIF

梵の光
梵我の星は
同じ星
百億の夜を越えてなお
はるか遠く――
ただそこで
おまえを照らしている

BISCO
己の果てに
我の光
空の果てに
A BOY WITH A BOW RUNNING THROUGH THE WORLD LIKE A WIND.

ねこやなぎ みろ
猫柳ミロ
あかぼし ひすこ
赤星ビスコ

〈黒白相時空論〉（こくびゃくそうじくうろん）

出典／百科事典『万霊寺万象録』

【概要】

黒白相時空論または黒白論とは、
《世界は鏡映しのように二つの時空を持ち、
互いの調和を以って存続している》
という現象と、その論説である。

万霊寺が二十八代大僧正・大茶釜伝助によって発見され、
その真偽・実体は未だ明らかになっていない。

1

富士山嶺の丘に、レッドは立っている。

（…………。）

風が吹き付ければ、レッドの炎の髪がばさばさと躍り、夜に美しくなびいた。

『かっ』と見開かれた両目には強靭な翡翠の輝きが宿り、煙る睫毛の向こうで、昼のように光る富士山頂を見つめ続けている。

その、隆々たる筋骨。

巌のような背中、肩、腕、それらは歴戦の傷に塗れてなお力みなぎり、抱きしめれば巨木すらへし折るような、壮絶な迫力に満ちている。

人呼んで『双子茸のレッド』。

地球最後のキノコ守りであった。たくましく組まれた両の腕の中に、脅すように張り出したその胸が、レッドが『女戦士』であることを最後に付け加えていた。

(今日が、あたしの。)

(赤星ビスコの――)

(最期の戦いになるわけか。)

赤星ビスコ。

レッドの本名である。己の名をひとつ呟いて、拳と掌をばしんと合わせれば、なめし茸の外套がはためいて太い両腕が露わになった。

その腕、いや、レッドの全身には、まるで業火のような刺青が刻まれ、実に喉首までを覆っている。その刺青の一つ一つが、うずくような痛みを以ってレッドに語りかけるのだ。

勝て、ビスコ。

勝て――

(勝つさ。)

レッドは己の中に揺蕩う無数の英霊たちにそう言い聞かせ、焦げるように熱い刺青をひと撫でずると、再び外套でそれを覆った。

(あと少しの辛抱だ。あたしの中の、幾千人の英霊たち。)

刺青が放つ、怒り、無念、祈り……。

今やレッドの中には、それら魂の怨嗟が力となって渦巻いている。度重なる戦いで散っていったキノコ守りの英雄、その力の集積体が今のレッドなのだ。

負けるわけにはゆかぬ。

自分のため。英霊たちの無念のため。そして……

「ビスコ！」

澄んだ声が、背後からレッドに呼びかけた。鬱蒼とした森林を器用にかきわけて、愛蟹アクタガワの姿がのそりと現れる。

そして、その鞍上には。

「探したよ。一人で動いたら、危ないってば！」

「ミロ！」

猫柳ミロ、二つ名を『双子茸のブルー』。

レッドとは魂の絆で結ばれた、相棒である。巨躯なレッドと反対の小柄な少女ながら、パンダ痣の奥には強い意志の光をきらめかせている。

「逃げたと思ったか、あたしが？」

「まさか。でも、思いつめてたから。一人で行ったかもとは思うじゃん」

「行くわけない。あたしは約束は守る！」

すねたように頬を膨らませるブルー、レッドはその隣に飛び乗って肩を組み、強引に相棒の頭を胸にかき抱く。

「怒るなよお。あたしとおまえ、死ぬときは一緒さ。だろ？」

「むう〜〜っ……」

アクタガワは少女二人のやりとりに、呆れたように鋏で土をほじっている。結局なんだかんだでブルーが懐柔されてしまうところまで含め、いつもの光景なのだ。

「——だめだよ、死んだら。シュガーのために、生きて帰らなきゃ」

「そうだ、ミロ。シュガーはどうした？」

「カプセルベッドの中で、ぐっすり寝てる。チロルが真言の結界を張って、そこに隠してくれたんだ。外から見つかることはないはずだよ」

「で、そのチロルは？」

「あっ……」

「お〜〜い、バカパンダ!!」

理知的な声が富士の森の中から響くと、「ぜえぜえ」と息を切らせて、小柄なシルエットがそこに現れた。

アクタガワの足元にへたりこみながら、くらげ髪の少年が恨みがましく言う。

「あほか。ぼくが結界を張っている間に、置いていくな！」

「ご、ごめん！　ビスコが心配で……」

「乗れ、チロル！」

　笑ってレッドが差し出す腕を、汗だくのチロル少年は黒縁眼鏡越しに睨む。

　やがて眼鏡を直し、「ふん！」と鼻を鳴らして助けを借りると、引っ張り上げられた身体をアクタガワの荷物袋に滑り込ませた。

「いいか赤星。〈錆神〉を仕留めるチャンスは、ほんの一瞬だ」

〈錆神〉。

　チロルが発するその名前こそ、キノコ守りの宿敵。人類の魂を奴隷とし、滅びの静寂の中に君臨する、歯車の神である。

　レッドたち三人と一匹、この場に残った最後のキノコ守りたちの使命は、この錆神を打倒し、その支配を打ち破ることにある。

「お前の鷹の眼を使って、奴の知覚の外から弓をぶち当てる。あのパウーが鉄棍で敵わなかった相手だ、有視界戦に持ち込まれたら勝ち目はない」

「…………。」

　ブルーがわずかにうつむき、睫毛を震わせる。その横顔を見て、レッドは己に刻まれた刺青が、一層熱く燃えるのを感じる。

「……パウーの命を無駄にはしない。あたしが負けるもんか」

「ビスコ……」

「行こう」

レッドは短く言いながら、決意の弓をその手に構える。

「あたしの中には、死んでいった皆の力が宿ってる。だからあたしを信じろ、ミロ。みんなで生きて帰って、かならずシュガーを抱き締める！」

ぎらりと輝く翡翠の両目を見返して、

「……うん！」

ブルーが強く頷く。そしてアクタガワの手綱を取ると、錆神の待つ富士山頂めがけて大蟹を駆けさせてゆく。

眼下に広がる滅びの世界を見ながら、レッドは炎の髪をなびかせる。身体の内に燃え上がる刺青が、灼熱とともに訴えかける。

『斃せ　ビスコ』

『骨折り　身を焦がしても』

『錆神を斃せ』――

（わかってる！）

圧し掛かってくる英霊たちの思いに応えるように、翡翠の眼は光り輝いた。

(勝つ。)

(絶対に、勝つ!)

(あたしのために死んでいった、みんなの魂のために!!)

2

「うおお———っ、勝つっっ!!」

威勢のいい声とともに、ビスコは跳ね起きた。

大きな天幕の中である。

屋根から吊ったランタンの中に小さな灯がゆらぎ、眠る家族たちを照らしている。ビスコは自分が何に返事をしたのかわからないまま、自分の中で燃える高揚感を持て余して、寝ぼけた頭をひねった。

「………???」

（………あれ？）

（なんで寝てんだ、こんなとこで……）

（俺はミロと富士山に登って、）

（それで……？）

不思議そうに自分の身体を眺めまわせば、あれだけびっしりと刻まれていた烈火の刺青は影も形もなくなっている。なんだか身を護るものがなくなったような気がして、ビスコは自分の肩を抱いて「ぶるる」と震えた。

そこに、

「パパ？」

隣で眠っていたシュガーが、眼をこすりながらむずむずと起き上がってきた。

「どうしたの、きゅうにい？」

「……シュガー、」

ビスコは数秒間、娘の姿を見て固まっていて、やおら「うわあっ」と慌てたようにその身体を抱きしめる。

「シュガー！　い、いつの間に結界から出たんだ⁉」

「けっかいぃ？」

「戻らないと狙われちまう！　そうだ、錆神のやつに――」

「さびがみ？」

「…………？？？」

だれだそいつ？

ビスコは自分で言った言葉を自分で理解できず、口を開けたまま混乱に呆けてしまった。シュガーはそんな父の頭をポンポンと叩いて、眠そうな声でたしなめる。

「どーせオバケの夢みたんでしょ。シュガーが護ってあげるから、心配しないの！」

「いや、違う、俺は、」

「あしたは海で一日中あそぶんだから、パパもちゃんと寝ないともたないよ。きのこおねんね、ぷ～いぷい。はい、おまじない」

「頼むよ、聞いてくれ、シュガー！」

「いやです。おやちゅみ」

スコーン！　とそのまま自分とミロの間に倒れ込み、秒で寝息をたてはじめる娘を見つめて、ビスコはしばし茫然としていた。

右隣には、シュガー、ミロ。

左には、パウー、ソルト。

なぜかついてきてるチロル……。

そして天幕の外からは、アクタガワの気配を感じる、いつもの旅暮らしの夜である。ビスコは徐々に記憶をはっきりさせて、先ごろまでの不思議な夢を忘れてゆく。

(俺は、何を見たんだ?)

(もう思い出せねえ。)

(なのに肌触りだけ残ってる……。)

(気味悪いぜ。)

(こんど先祖供養に行ってこよう。)

(くわばらくわばら……。)

ビスコはシュガーのとなりでふたたび毛布を被る。しかしいちどき思いつめだすとその眼はぎらぎらに冴えてしまい、

(寝れん!!)

結局夜が明けるまで眠りが訪れることはなかった。

瘤久保慎司
SHINJI COBKUBO PRESENTS

[イラスト]赤岸K
[世界観イラスト]mocha
(@mocha708)
[題字]蒼喬
DESIGNED BY AFTERGLOW

The world blows the wind erodes life.
A boy with a bow running
through the world like a wind.

錆喰いビスコ 9

SABIKUI BISCO

[さびくいびすこ]

我の星、梵の星

3

富士山頂。

山肌に剝き出しの玉座に、一人の少年が腰かけている。

脚を組み頬杖をついた、尊大な様相。氷のような美貌に退屈そうな表情をたたえ、吹きすさぶ風の中でまばたきひとつする様子はない。

そして、その周囲を――

（かなえたまえ）
（かなえたまえ）
（錆神さま）
（錆神　ラストさま）

明滅する無数の人間の魂が、光の渦となって旋回している。

ひとつひとつはわずかな明かりにすぎない魂たち、しかし少年の周りに渦巻くそれは夥しい数で群がり、夜の山頂をまるで昼のように照らしている。

（かなえたまえ）

（富）

（才能）

（権威）

（かなえたまえ、かなえたまえ）

少年は……

いや、〈錆神(さびがみ)ラスト〉は、渦巻く魂たちが放つ願いのうめきに、辟易(へきえき)したような溜息(ためいき)をついた。そして頬杖(ほおづえ)をついたまま、その細く美しい指をぱちりと鳴らす。

すると、

（おお！）

（金だ、金だ、）

（使い尽くせぬ、富だ！）

（あああっっ――）

渦巻く魂、その三分の一ほどが一際大きく光り輝き、念願の叶う喜びに打ち震えた。錆神ラストの力で、死後のまぼろしの中でその願いを叶えたのである。叶えられし魂はおおいなる歓びとともに、ラストの体内へと吸い込まれてゆく。

（おお、われも）

（わたしも）

（かなえたまえ、かなえたまえ、）

「…………。」

少年はもう一つ溜息をつき、続けざまにぱちり、ぱちりと指を鳴らした。いちどき指が鳴るたびに、迷える魂たちの願いは叶えられ、歓びにふるえる。

（おお！　この、溢れる才能！）

（見下ろすばかりの権威！）

（うれしい、うれしい――）

夢の中で願いを叶(かな)えた魂たちは、心から錆神(さびがみ)への隷属を誓い、その体内に吸い込まれる。ラストが指を十回も鳴らさぬうちに、玉座に集った魂はすっかり喰(く)われきってしまった。

「……けぷ。」

いつもと変わり映えしない〈食事〉を終えて、ラストが小さなおくびを漏らす。

満腹の歓(よろこ)びをたたえるどころか、胃の中のものを軽蔑しきった、冷徹極まりない表情だ。まさに、苦虫を嚙(か)み潰したような……と、表現できる。

『ラストさま、ラストさま』

その耳元に、どこからか一匹の羽虫が、やかましい羽音を立てて飛んできた。羽虫は錆神(さびがみ)の周囲をくるりくるりと舞いながら、やがてその肩口に留まる。

『お味は如何(いかが)でございましたでしょう。小さな羽虫のこのンナバドゥ、腕によりをかけて、選(え)りすぐりの人間の魂を集めましたれば――』

「マズイ。」

視線すら動かさぬ、一言である。

「泥でも啜(すす)っているようだ。いずれも俗の願いを抱えた、下賤(げせん)の魂であった。」

『それでは、お口に合いませんで……』

「おまえの羽音はもううんざりだ。どこへなりとも、飛んでゆくがいい。」

美貌の少年神が言う残酷な言葉に、羽虫のンナバドゥはすっかり慌てふためいて、『おお〜

〜っ!!　お許しを、錆神さま!』と憐れっぽく泣き叫ぶ。

少年の手の甲に留まって忠誠の口づけを何度も落とし、なんとか機嫌を伺っているようだ。

『どうかお許しを。次はかならずうまくやりまする。この力なきンナバドゥ、錆神さまなくして、生きてはゆかれぬのでございます』

「おまえはそうでも、倭にはおまえはいらぬ。」

『そんなこと仰らないでェ〜〜ン』

必死に手の甲で愛嬌を振りまくンナバドゥ。

その小指の先ほどのボディには、純金のリングや首輪がきらめき、動くたびにやかましく輝いて、眼にうるさい。

(ふん……。)

自らに許しを請う蠅の舞いに、少年神は怒ることすら馬鹿らしくなってしまい、無表情のままもう一つ溜息を重ねた。

ラストの表情は氷のように変わらないが、この羽虫のンナバドゥからすると、微細な空気の変化で機嫌がわかるものらしい。羽虫は抜け目なく絶妙な間を取って、錆神の気分が直ったことを察すると、ふたたび図々しく羽音を立てて飛びはじめた。

『きゅふふっ。さあ、お食事が終わったら、運動したほうがよろしゅうございます。玉座からお立ちになって、少しお散歩なされませ』

「ん。」

ンナバドゥの案内に従って、ラストが立ち上がった。

華奢な身体の各所にあしらわれた歯車のモチーフは、錆神がその名の通り、無機的な神であることを示している。無限の力を持つ自動人形。未来を夢見た人間が思い描いた、機械じかけの少年ヒーローを彷彿とさせる。

『やあ、歩けば牡丹、ラストさまの御姿。こちらへどうぞ――ほうら、ここから下界が一望できます。あれに立ち並ぶ、錆の像がご覧になれますか？』

「うん。」

羽虫の言葉に従って山頂から見下ろせば、そこには。

『あれこそ、錆神さまの威光に自らひれ伏したものたち。魂を捧げた抜け殻でございます』

錆神に自らその魂を捧げた、錆の像たちが見える。その有り様はまさしく抜け殻、人間が錆神の奇跡に屈したことの証左である。

『いまや殺さずとも、人間のほうから魂を捧げてくるのですから、楽なものですなァ』

「……なぜ、こやつらは、倭に手向かわなかった？」

夥しい数の錆の像を、軽蔑したように一瞥して、ラストが疑問を口にする。

「これだけの数で向かってくれば、倭に一太刀ぐらいは浴びせられたろうに。戦うどころか、自ら隷属を選ぶとは……。」

『だって。魂の対価に、御身に願いを叶えていただけるのですぞ』

ンナバドゥは身振りもまじえ、饒舌に言葉を続ける。

『そんなサイコーな話はないでしょう。一方のラストさまは、魂を喰ってお腹いっぱい。まさに、ウィンウィン、ウィンウィンウィンの関係でございます』

「………。」

この世界に、錆神が降臨した、はじめのころは……、

正々堂々、手向かうものたちを殺し、その魂を喰らうというのが、錆神のやり方だった。しかし次第に錆神の脅威が高まり、人間が絶望するにつれ、ンナバドゥはひとつの奸計をたくらむようになった。

〈自ら魂を差し出したものは、その願いを叶える〉──

そうした旨の布教である。ンナバドゥの目論見は見事にはまり、今や自らの意志で錆神に抗うものなど、数えるほどしか残っていない。

『ご覧ください、この布教アナリティクスを！　過去28日間に捧げられた魂の数は、じつに2億6000万魂。すでに世界の男性99％、女性98％が──』

羽虫がぶんぶんと飛び回って、空間にラストの支配率を示すグラフを描くが、少年は一目すら見もしない。静寂の眼下を見下ろして、腕を組んでつまらなそうに呟く。

「なにが、願いだ。倭の腹の中で、まぼろしを見ているだけではないか。」

『ラストさま。何がそのようにご不満なのです？　日々、御身に捧げられる魂の量は、増え続けておるというのに』

「捧げられた魂など、幾ら喰おうが何の味もせぬ。」

ラストはかつての戦いの日々をなつかしむように、わずかに目を細める。

「気高き魂は、自ら隷属などせぬものだ。最後まで抗い抜こうとする戦士の魂。それを折り、砕き、倭の力で隷属させて初めて、魂喰らいの愉悦はあるというもの。」

気骨ある強者を斃し、無様に這いつくばらせること。

その嗜虐の達成感が、錆神ラストにとってはよろこびであったということだろう。しかし数字ばかりを追いかける羽虫にそんな粋は理解できない。

『またまた、ラストさま。いまどきそんなアナログな――』

「あるいは、おまえが。」

『きゅひっ？』

「おまえが余計なことをするから、魂の質が下がったのではないのか？」

『ら、ラストさま、落ち着い……』

「下賤の蠅めが。」

瞬間、びっっ！　と走ったラストの眼光が、ンナバドゥの羽根をかすめて富士の山肌を奔った。熱核光線である二筋の眼光は、そのまま遥か遠方までの自然を引き裂き、山脈の向こうに爆炎を上げる。

どずううん……

『ひっ、ひぃぃえええ～ッッ』

「上質な魂が、喰いたい。倭に弓引き牙を剝く、極上の魂が――」

ンナバドゥの想定以上に、少年は誇り高い魂を渇望しているようだった。しかしもはや人間に名のある英雄は、軒並み倒してしまっている……

「――そうだ。」

ふと、思いついたように、

「キノコ守りの生き残りが、居たはず。」

突然ラストの口から、思いもよらぬ言葉が飛び出した。それを聞いて、恐慌に飛び回っていたンナバドゥが、びくりと空中で静止する。

『ら、ラストさま、今なんと!?』

「倭に屈せず、幾度も死闘を繰り広げたキノコ守りの一族。その末裔が、まだ生き残っているはず。たしか名を、双子茸のレッド――」

『ふ、双子茸のレッドっ』

ンナバドゥは禁じられた言葉を聞いたかのように飛び上がって、

『なりませぬ。キノコ守りの汚らわしい魂など、喰らってはなりませんぞっ』

羽音を可能な限り大きくして、ラストに警告した。

錆神が世界を制圧するにあたり、最も障害となったのがキノコ守りの一族。ンナバドゥはこれらキノコ守りに、並々ならぬ憎悪を抱いている様子であった。

『やつらの魂がラストさまの一部となるなど、考えただけでも忌まわしい。よいですか、キノコ守りとは滅びの安寧に仇なす逆賊。この辛く苦しい浮世を、己の実力のみで生き抜こうという、クソみてえなマゾヒストの集団なのですっ』

「きたない言葉をつかうな。」

『あら失礼。おほほほ……ええいダニどもめ、すぐにでも根絶やしにしてやりたいが、厄介なのはやつらに伝わる〈吸魂の法〉!!』

羽虫はいまいましそうに、脳裏にレッドを浮かべて歯噛みする。

『〈吸魂の法〉は、死した魂をその身に宿す技法。錆神さまと似た力でございます。双子茸レッドの身体には今や、千を超すキノコ守りの魂が、刺青となって刻まれております』

「ほおう。おもしろい……。」

『だめだってば興味持ったらアア〜〜〜ッッ!』

羽虫は『キィィ——ッ』と苛立ちの声を上げ、ハンカチを咬んでめいっぱい引き延ばした。

『双子茸のレッドとブルーは、このンナバドゥが内々に始末いたします。ラストさまに悪い虫を、近づけるわけにはゆかぬっ』

「悪い虫……。」

皮肉まじりの呟きも、『ぶ〜ん』とどこ吹く風。ンナバドゥは手元のデバイスから、中空に生き残った人類の名簿を投影する。

『さあ、レッドのことは忘れて。もっと良い魂を、このリストからお選びください。どれでもより取り見取りでございますよ——』

錆神ラストは羽虫のやかましさに辟易して、夜の月を見上げた。

太陽のように輝く満月の明かりが、氷のような美貌を照らしている……。

そこに、ふと、

（………？）

満月に小さな黒点。

ほんのわずかな月光のかげり。満月に、何か小さな影がかかっているのだ。

（なんだあれは。——大きな、蟹……？）

影のかたちを認識したとき、そこから迸る灼熱の殺意にラストの髪が逆立った。はるか遠くの小さな影から、なにか凄まじい力が襲ってこようとしている！

「蝿。もうよい。」

『ラストさま？』

「どうやら、向こうからやって来たらしい。」

『何を——』

ひゅばんっ！

ラストが羽虫をその手に握って跳び上がった直後、遠方の小さなシルエットから雷光のごとき矢が放たれ、凄まじいスピードで富士山頂に突き立った！

ぼぐんっっ!!

『おわあああ～っっ!?!?』

キノコ矢の炸裂！

真っ赤なベニテングの発芽は、続けざまに二度・三度と起こり、回避するラストの身体をついにつかまえ、高く跳ね上げた。

「おお。」

『ば、馬鹿な、このキノコ矢、双子茸のレッドッッ!!』

「来たのか、双子茸のレッド。」

無感動なラストの表情にわずかに赤みが刺し、高揚に火照る。

「凄い威力だ。富士山が削れたぞ。」

『感心している場合では！　ラストさま、早くお隠れください！』

「そうしたいが。」

ラストは言って、自分の指先を眺めて動かそうとしてみた。しかし驚異的な早さで神経に食い込んだベニテングの毒は、すでに錆神の自由を奪っている。

「動けん。強い毒だ。」

『そ、そんな――⁉』

「なるほど。」

ラストはまるで他人ごとのようにもがくことを諦め、中空にその身体を遊ばせた。月にかかる大蟹の影から、少年の身体に向けて第二射が放たれる！

「ようやく、喰い甲斐のあるやつが、現れたな。」

『ら、ラストさまあああ――――っっ！！！』

ずばんっっ‼

＊＊＊

ぼぐんっ、ぼぐんっ、

ぼぐんっっ‼

「やったッッ‼」

滝のような汗を流しながら、レッドがアクタガワの上で吼えた。

極限の集中により、刺青が全身を焦がすように燃えている。キノコの発芽の明かりに照らされて、アクタガワはブルーの手綱で地面に着地する。

「見たか、ミロ！　正面からブチ抜いた。あたしたちが、錆神を斃したっ！」

「喜ぶのは早いよっ！　発芽が強すぎて、わたしたちまで呑まれるっ！」

「よし、アクタガワ、もう一ッ跳びだ！」

鞍上の少女たちに従い、アクタガワがベニテングの炸裂から距離を取る。その勢いは凄まじく、富士山頂にそびえた錆神の玉座は跡形もなく崩れ去っていた。

「あたしたちの、勝ちだ……!!」

吹きすさぶ風に炎の髪を躍らせながら、レッドが深い感慨を込めて呟く。

「見てるか、パウー、ジャビ。みんなの魂の矢が、あいつを射抜いたんだ！」

「ビスコ……」

ブルーはすぐに安心できず、周囲への警戒を崩さずにいたが、眼の端に涙すら浮かべる相棒ビスコの横顔に、ようやく表情を崩した。

「これで、錆神に食べられた人類の魂も、解放されるはずだよ」

「うん！」

「それにしても、頑張ったね、ビスコ！　初めて見たよ、あんな大きさのベニテング。ほら、破片がこんな所まで……」

ブルーはそこまで言って、

（…………ッ!?!?）

咄嗟（とっさ）にアクタガワの手綱を引いた！　地面に落ちたビスやネジなどの部品が、にわかに脈動して、一瞬で一所に集まりはじめたのだ。

「ミロ!?」

「ビスコ!!　まだだ、こいつ、まだっっ――」

ばぎんっっ！

空中に瞬時に生成された錆神（さびがみ）ラストの上半身が、捻（ひね）るような右フックでアクタガワの横っ腹を殴り抜いた！　吹き飛ばされるアクタガワの身体（からだ）を、腰の位置からジェットを噴かし、すさまじいスピードで追撃してくる。

「はじめましてだ、レッド。」

「うおおおっっ!?　馬鹿な、おまえはっっ!!」

「倭（わ）は、ラスト。さだめは、『錆神（さびがみ）』である。」

名乗りながら、ついでのように拳を振り抜いた。レッドはその筋骨に力漲（みなぎ）らせ、両腕をクロスしてラストの拳撃を受けるも、

「!?　うおおおっっ!!」

どんっ、と打ち込まれる拳の一撃に、アクタガワの鞍上（あんじょう）から弾（はじ）かれて、まるで空き缶のように吹き飛ぶ。体格差なら二倍ほどに上回るレッドを、錆神（さびがみ）はまるで意に介さない。華奢（きゃしゃ）な身体（からだ）

に、信じがたい膂力である。

「ビスコッ!!」

「ふむ。」

「──うおおお──っっ!!」

隙を晒したラストの背面を、今度はブルーの引き抜いた短刀が捉える──

その寸前、

「──がはっっ!?」

ブルーもまた、正体不明の攻撃をまともに受け、レッドと同じ方向へ吹き飛んでゆく。

今度は下半身が中空で組み上がり、痛烈な回し蹴りをその背中に叩き込んだのであった。少女たちは何度も岩肌を跳ね飛んで土埃を上げる。

「ミロ!!」

「ううっ……」

「ばかな。そんな、ばかな、」

血塗れの身体で這いずり、同じく傷だらけのブルーを抱き締めて、レッドが苦悶にうめく。まだ意志は死んでいないものの、歯を喰いしばった顔には隠し切れない驚愕がにじんでいる。

「あたしは確かに、おまえを、殺したはず……!!」

「死んだとも。」

一方の錆神ラストは、生成した上半身と下半身をくっつけながら、悠然とレッドの方へ歩いてくる。コキコキと腰を回して具合を確かめながら、表情は氷のようだ。

「鍛え抜かれた見事な技。倭を殺すに足る一撃だった。しかし一度や二度殺されたとて、倭にとって大したことはない。」

「な……なん、だって……!!」

「倭は、錆神。喰った魂の数だけ、産まれてくることができる。」

絶望的なひとことである。

圧倒的な実力を持っているとはいえ、死ねばお終いの人間であるレッド。一方の錆神ラストは、一度の死をかすり傷ほどにしか感じないのだ。

「さあ、何を倒れている？　続きをしようではないか。」

「……な、何だと……!!」

「倭はおまえのように強いものが好きだ。実力をもってさだめに抗い、気高く生き切ろうとする高潔な戦士の魂――」

ラストは言いながら、

「――それが、」

と続け、美貌に徐々に嗜虐の笑みをにじませてゆく。

「倭のまえで見る影もなく、へし折れ、ついには恥も外聞もなく、足元にすがりつく。その愉悦たるや！　魂が気高ければ気高いだけ、それを踏みにじる快楽は増してゆく。」

「こ、この、野郎……!!」

まさに、生命への冒瀆……。

少年なのは見た目だけ。錆神ラストの本性は、誇りある魂を貶めることを喜びとする、外道のサディストであるのだ。

「そうやって、全ての戦士の魂を、辱めてきたのかよ!!」

「他人ごとのようだな。じきおまえも、泣いて、倭に赦しを乞うようになるのだぞ。」

「誰が……!!」

レッドは言って、ラストの背後から土埃を立てて走ってくるアクタガワの姿に、思わず眼を見開いた。少女たちの危機を救うべく、ひび割れた甲羅のまま猛然とラストへ突き進んでくるのだ。

「アクタガワ!!」

「どうにもいまいち、当事者意識が欠けておるようだな、レッド。」

ラストは腕組みしたまま、振り向きもしない。

「これではつまらん。どうすれば、死に物狂いでかかってくる？　……そうだ、」

そこで気が付いたようにラストは振り向き、躍りかかってくるアクタガワの巨体をしげしげと眺める。

「〈兄弟分が死ぬ〉というのは、どうか？」

その、錆神の瞳の奥で歯車が回れば、両腕の手首に備わった必殺の歯車圏が、高速で回転しだす。そこから発せられる凄まじいエネルギーに、レッドが思わず叫んだ。

「!! やめろ、アクタガワ、来ちゃだめだッッ!!」

制止の声、しかしビスコを護ろうとするアクタガワの突進が止まることはない。その必殺の大鋏の一撃を、ラスト目掛けて振り下ろす！

ばぎんっっ!!

「――ああっっ!?」

吹き飛んだのは……

アクタガワの鋏のほうである！　ラストはほんのわずかに腕をかざしただけで、質量で圧倒的に勝るアクタガワの腕を千切り飛ばしたのだ。

「よく見ろ、レッド。おまえが弱いから、こうなるのだ。」

「やめろ――――ッッ!!」

「死ね。」

大きく身体を反らしたアクタガワの無敵の甲殻を、

ずがんっっ！

ラストの拳が貫くのが見えた。絆を結んだアクタガワのその最期を眼前にして、レッドは魂が震わすような悲鳴を上げる。

「うわあああ――っっ!!　アクタガワ――――――ッッ!!」

4

「アクタガワ――――ッッ!!」

がばっっ!!　とビスコは跳ね起き、汗みずくの顔で周囲を見回した。

強い動悸が、喉まで強く脈打っている。自分の心の半分を引き千切られたような、強烈すぎる精神への痛み。

脳裏に色濃く焼き付いた、死の気配――

しかしそんなものは、いま、ビスコの周囲にはまるで存在しない。

（ラストは何処に⁉　……ラスト？　誰だ、そいつは？）

そういうものの姿は影も形もない。ただ気持ちのいい夏風が吹く、エメラルドグリーンの海面が目の前には広がっている。

（……まただ。また、俺は変な夢を……!!）

結局昨夜眠れなかったビスコは、浜辺でまたついまどろんだものらしい。夢の記憶をなんとか反芻しようとするも、頭にもやがかかったように、先ほどまで見ていたビジョンを思い出すことができない。

そこに、ひょこりと、

めんどくさそうに顔を出すアクタガワの姿。

大蟹は木陰で大きなヤシの実をもくもくと食べ、休暇を楽しんでいる最中であった。

（なんだかまた、ビスコのやつがさわがしいなあ……）

とでも言うような仕草である。

「――あ、」

「あ、」

「アクタガワ――――――――ッツ!!」

そんな呆れ顔の自分のお腹に、いきなり弟分が飛び込んできたので、滅多なことで動じないアクタガワも流石に面食らってしまった。その勢いで揺れたヤシの木から実が落ちて、大蟹の眉間にポコンと当たる。

なんだあこいつ～！

アクタガワは、抗議しようとするも……

「良かった。」

「アクタガワ、無事で……!!」

自分に顔をうずめて泣きじゃくる兄弟を見るに、怒りより不思議さが勝ってしまい、動くに動けなくなってしまった。そうして一向に自分から離れる気配がないので、アクタガワは仕方なしに、小鋏でビスコの背中を撫でてやるのだった。

＊＊＊

「そりゃアンタ、黒時空の夢でも見たんじゃないの？」

「黒時空？？？」

「あたしたちの住む白時空の裏にある、もう一つの世界。それが黒時空だよ」

水着のチロルはマッシュルームで作ったビーチチェアに寝ころび、薄桃色のトロピカルジュースを片手に持って、優雅に脚を組み替えた。

「うちのおじいちゃんが観測したことだけどね。黒白時空論は、この世界は二つの時空の螺旋構造になって続いてる、っていう論説なの。まるで鏡映しみたいに、似て非なる時空がそこにはあるんだって」

「鏡映し……」

軽口でからかったつもりが、妙にビスコが考え込むので、チロルは面白くなって起き上がり、サングラスを外してその顔を覗き込む。

「たかが夢に随分こだわるね。そんなリアリティあったの？」

「だって何度も見るんだ。俺が、女になってて……」

「女ぁ～⁉　アンタが⁉」

「お前も出てきた。男になってたぞ」

「ええっ、あたしまで⁉　いや～想像できんな……」

「世界が……人間がみんな、錆の神様に魂を吸い取られていたんだ。俺とミロは、みんなの眼を覚まそうとして、それで……」

いつもと打って変わってやけに神妙な様子に、チロルは掌でバンバンとビスコの背中を叩き、げらげらと笑ってみせた。

「心配するだけ無駄よ無駄！　それがマジで黒時空のビジョンだったとして、どうせ行ったり来たりできないんだし。二分の一で良い時空引いたね、赤星！」

「う～む……」

「パパ～～～っ‼」

海面から聞こえる声に、そちらを向く二人。

「見て見て、サーフィン！」

そこには陽光を浴びてかがやく菌神シュガーが、胞子で作ったサーフボードの上に立ち、み

ごとに大波を乗りこなしている——と思ったが実はボードの下には、それを担ぐ数人の鬼ノ子たちが必死に足をバタつかせており、

「えっほえっほ！」

「みずしょっぺ〜。」

「おまえ、口ないだろ。」

「あそっか……。」

「みんなー！　また波がくるよ。ファイト、いっぱつ！」

「「ずっどどどん！」」

シュガーとともに、はじめての海水浴を楽しんでいる。

本来、危険な海洋生物がうごめく海中に、裸で入ろうなんて命知らずもいいところなのだが、海神であるメアを従えた今のシュガーには、魚が喰いかかってこないのだ。

ならばということで、チロルの提案により、赤星一家は海水浴に来たのだが……

「シュガー、水着はちゃんと着ろ！　はしたないぞっ！」

「あんたも泳ぎなよ、赤星。海水浴なんて、現代人の夢だよ？」

「うん。あとでな……。」

「あとでってことある⁉　だいたい一枚も脱いでないし。泳ぐ気ないでしょ‼」

「うう……‼」

赤星ビスコのこの怯えよう。

はるかに広がる海を目の前にして、キノコ守りの外套すら脱ぐ気はなく、そのはるかな海底に想像力を巡らせてガタガタと爪を噛んでいるのだ。

「泳ぐに決まってんだろ！　ただし決意ができたらだっ！　あと二時間ほど」

「何がそんなに怖いことあるの⁉　海ん中で戦ったこともあるでしょ」

「あの時は若かったんだっ」ビスコは過去、アクタガワと海中で繰り広げた冒険のことを思い出し、ふたたび青ざめた。「海はいにしえより亡霊の巣窟。無念を抱いて死んだ魂たちは、海底に溜まってゆくという……ミロが言ってたんだ！」

「あのねえ。あのパンダは、あんたが怖がるから、面白がって――」

「陸地にいる間は弓聖ジャビの加護がある。でも海中は別だ！　なぜならあのジジイはまったく泳げなかったからだっっ！」

（だめだこりぁ）

ミロの怪談話を完全に真に受けてしまったビスコは、この真昼間でも魑魅魍魎の祟りに触れるのを恐れているらしい。そんなビビりちらかしている父を後目に、シュガーはどんどん沖のほうに行ってしまう。

「あ～あほら。シュガーが行っちゃうよ！」

「えっ、そんな！」

「この先、娘が一緒に泳いでくれるなんてこと、そうそうないよ〜？　赤星(あかぼし)パパにとって、一生後悔することになるだろうな〜〜」

「待ってくれ〜！」

「口だけで、微動だにしてねーじゃねーか。ウニか、お前は!!」

「ぐぇっ！」

まったく動く気配のない赤ウニ頭を、べしん!!　とチロルがはたく一方、シュガーは鬼ノ子(きのこ)のサーフィンによって、どんどんと沖の方へと進んでゆく。

一面の海と雲一つない快晴に照らされて、太陽の髪が輝いた。

「いやっほ〜〜いっ!!　みんな〜〜!!」

幼い少女が手を振れば、ウミガメがのそりと視線を向け、小魚たちが面白そうに海面を跳ねてついてくる。一際(ひときわ)大きな魚影が、シュガーの下から大きく潮を噴き上げれば、輝く飛沫(しぶき)が少女の笑顔をまばゆく照らす。

「きゃーっ！　あはははっ！」

隣人であり神であるシュガーを、海が歓迎しているのだ。

父と母が……いや、幾多の英傑たちが、苦闘の果てに勝ち取ったこの世界に、今いきいきと生命が脈打つのを、シュガーは感じる。歴史のどこかで運命がわずかに間違えば、この景色は存在しなかったかもしれないのだ。

（ここが、地球。シュガーの星！）

少女の胸の内に、こみ上げる無限の愛。確かにその時、菌神シュガーは地球の母として、世界を護り続けることを決意する――

その、

崇高なる瞬間に、突然！

『ごうッッ』

「きゃっ⁉」

青空に極光が閃いてシュガーの眼をくらましたかと思うと、太陽色に輝く物体が空気を裂いて、まるで隕石のように海上に墜落してきたのだ。

（あれは⁉）

墜落してくる、それだけならまだしも。

なんとその流星は意志を持つように、明らかにシュガーめがけて落ちて来るのである。

鬼ノ子たちが、

「なんぢゃ〜⁉」

「テンペンチーだ」

「にげよう」

慌てふためくのも無理はない。なにしろ隕石は、周囲の海水すら沸き立ち、干上がらせようかというほどの超高熱なのだ。

逃げようと親分であるシュガーの顔を窺(うかが)うが、しかし……。

「げっ。そのかお！」

「おやぶん、やるきか？」

「当然！　シュガーが護(まも)らないで、誰が地球を護(まも)るの⁉」

いかなる脅威が、再び赤星(あかぼし)の宿命の前に立ちはだかったものか？　しかしそれが何者であれ、シュガーが取るべき道は変わらない。シュガーは父親ゆずりの犬歯をぎらりと光らせて、片手を掲げて鬼ノ子(きのこ)たちに呼びかけた。

「みんな、いつものいくよ！」

「「「え〜〜？」」」

「文句ゆうな！　せーの！」

「「「ずっどどどん！」」」

掛け声とともに分解した鬼ノ子(きのこ)の胞子が渦を巻き、シュガーの掲げた手に集まってゆく。虹色に輝くそれが形をとれば、それは……

「来ぉぉ――――いッ、大(だい)菌(きん)棍(こん)ッッ‼」

ひゅんひゅんひゅん、ぱしっ！

神器『大菌棍(だいきんこん)』となって少女の手におさまり、電光のごとく飛び上がるその勢いでもって、晴天に虹をかけるように薙ぎ払われた！

「ホームランだっっ‼」

大菌棍の一振りが、隕石を捉える！

ばぎんっっ‼

「⁉　硬って〜⁉」

想像以上の手応え。しかし大菌棍の一撃は見事にクリーンヒットし、大質量の隕石を大きく弾き飛ばした。隕石はそのまま斜め前方に逸れてゆき、輝く軌跡を残しながら、海面にどぼんと着水する。

（こいつ、ただの隕石じゃないぞっ）

隕石に眠れる力を感じ取ったシュガー。脅威は脅威たる前に打倒すべし……これは父の師ジャビから伝わる、キノコ守りの心得である。

シュガーは先手必勝とばかりに再び棍を振りかぶり、足の裏で海面を蹴って、煙を上げるその謎の隕石へ向かってゆく。

「ちぇえええすとおおお——っっ‼」

「………う。」

「——あぇっ！！？」

隕石から呻き声が響いたのだ！　大菌棍はかろうじて横に逸れ、ばしゃあんっ！　と海面を叩くにとどまった。

危うい所で棍を逸らしたシュガーは、海面にぷかぷかと浮く、隕石の様子をまじまじと見る。

（こ、これって、）

その燃え滾るすがたが、海水によって冷めてゆけば……

（人間っっ⁉）

それがどうやら大柄な、人の形をなしていることがわかってきた。隕石と見紛ったのは、その人間の持つごつごつとした逞しい筋肉が、まるで巌のような形、人間離れした迫力を持っていたからである。

更に驚いたことには、

（この人……女の人だ‼）

気付いてみればそれは一糸まとわぬ女の身体に間違いなく、シュガーは真っ赤になって「わわわわっ⁉」と思わず目を逸らす。

（何でなんも着てないの⁉⁉）

「だ、だれか、そ、そこに、いるのか。」

輝くものが喋った。

びくり！　と身体を竦ませるシュガーの前で、それは苦しそうにうめく。

「ミロだな、無事なんだな。大丈夫だ、あたしが、守るから……。」

「！　動かないでお姉ちゃん。ここは海の上だよ！」

「くそ、眼が。眼が焦げちまった。おまえが、見えない……。」

「しっかりして！　そぉいっ！」

シュガーは海面に、ぼうんっ！　とキノコを咲かせて足場を作ると、

「よいしょ、よいしょ……」

そこに女のすさまじい巨軀を引っ張りあげる。その顔を見れば、なるほど女の言う通り眼球が溶けてしまっており、おそらくは隕石と化して落下してきた際に衣服とともども燃え尽きてしまったようであった。

一見悲惨な状況に見えるがしかし、

（……このお姉ちゃんは人間じゃない。神様に近い！）

シュガーはすぐに、女の全身の刺青に内在する、恐るべき力の奔流を感じ取った。それは祈りであり、あるいは呪いであり……とにかく人類の積み上げてきた全てが、この女の中に揺蕩っている、そういう力を秘めている。

眼球ぐらい燃え落ちたところで、再生は容易であった。

「だいじょうぶ、シュガーが治してあげる！」

「……シュガー、だって⁇」

菌神シュガーは先天的善性に従い、その得体の知れない女を助けるために超信力を振るっ

た。顎を持って女を上向かせ、その指先に奇跡の虹の胞子を集める。

「ついでに服も着せてあげるね！」

「……おまえ、は……。」

虹色に輝くシュガーの掌が女の顔を撫でれば、治癒の力が働き……女の持つ、美しく澄んだ両の翡翠の瞳を、瞬く間に復元させた。続けて閃く胞子が女の身体を包み、筋骨隆々の肉体をキノコ守りの装備一式に包んでゆく。

「じゃじゃ——ん！　菌神さまのご利益なりっ！」

「………、」

「シュガーが近くにいてよかったあ。お姉ちゃんはどうやら、普段のこころがけがよかったんだねえ。もし他の場所に落ちてたら、いまごろ——」

「シュガー。」

「——はえっ⁉」

「シュガー！」

ぎゅうっ‼

強く大きな腕が、流暢に語るシュガーの首に回され、優しく、そして強くその身体を抱きしめた。大きな胸に押しつぶされてシュガーは呼吸もままならず、顔を真っ赤にし、口をぱくぱくと開けたり閉じたりしている。

「は、はわわわ……⁉⁉」

「会いたかった……‼」

掠れた声。

溢れる感慨に浸り、シュガーを抱きしめる女の一方で、シュガーはまるでヤカンのように胞子を噴き散らかしながら、眼を真ん丸に見開いている。

（ひ、ひとちがいでわっっ⁉）

訴えたいのだが、口がふさがっている。

ありあまるシュガーの力で、突き飛ばすこともできた……しかし、そうはならなかった。震えていたのはシュガーよりもむしろ、

（こ、この人、泣いてるの……？）

感涙にむせぶ、その女のほうだったからである。

「ごめんな。ごめんな……！　これからはずっと一緒にいるよ。あたしはもう、おまえから離れない……‼」

（…………。）

「……いや、待て。シュガーは、男の子のはず……⁉」

はっ、と何かに気づいたように、電撃的に女が立ち上がる。

「この世界は一体⁉」

「どわっ⁉」

跳ね飛ばされたシュガーが、あまりの不遜な扱いに文句を言おうとするが、女の様子はそんな気持ちも吹き飛ぶほどに切羽つまり、脂汗にまみれて周囲を見渡している。

「空が青い。風が澄んでいる……。ここは黒時空じゃない！　ほ、本当にあったんだ……もう一つの時のながれ、白時空！」

「し、しろじくう〜⁇」

「あたしはチロルに飛ばされたんだ。てことは、あたしたちは負けたのか？　くそ、記憶がぼやけて、何も思い出せない！」

女は半狂乱になって髪を振り乱し、失った記憶を必死に探している。先ほどまでの地母神のような優しさから一転、徐々に羅神(らじん)の気風に変わっていく様は、幼い菌神をしてぶるりと震えあがらせた。

「──でも、一つだけ覚えてる。あたしの、使命だけは！」

女がそう言い、心の内にこみあげる覚悟に瞳を燃やすと、身体(からだ)に刻まれた刺青(いれずみ)たちがそれに応えて、灼熱(しゃくねつ)に赤く輝いた。

喰(く)え、ビスコ。

おのれを、喰(く)え──

「ここが鏡映しの時空なら、もう一人のあたしが存在するはず。ラストを倒す力を得るには、あたしが、そいつを――」

「うォォ――いッッ!! シュガ――――――ッッ!!」

「！　パパ！」

女にどう接していいかわからないシュガーにちょうど助け船を出すように、海の向こうから、波をかき分けて迫るオレンジ色の甲殻が見える。

浜から隕石を目撃し、娘への愛でついに海への恐怖心を打ち破ったビスコが、アクタガワの背に乗って駆けつけたのであった。

「パパーっ！　こっちだよ！」

「シュガーッッ!!　そいつから離れろ!!」

「はえっ⁉」

笑顔で手を振るシュガーへ、ビスコの切羽つまった声が飛ぶ。きょとんとそれを聞くシュガーの横で、女は訝しそうな眼でビスコを見つめている。

「何だァ……？　あのチンピラは……」

巨軀の女と、ビスコ。

翡翠に輝く四つの瞳がぶつかり合ったとき、

「「!!」」

二人の精神に稲妻がひらめいた。共鳴と敵愾心。理屈や言葉をはるかに上回るスピードで、お互いの心がひとつの結論に辿り着く。

《なんだか知らんが、》
《負けられねえ、》
《こいつにだけは!!》

「シュガー、あたしに隠れろッ!」

女が外套を閃かせて、その巨軀にシュガーを庇い、跳び退った。一方のビスコからすれば、今まさに娘が誘拐される絵面である。

「!! てめえぇ――ッッ、俺の子供を、放せ――ッッ!!」

すでにビスコは背中から弓を引きぬいている。番えられた矢が錆喰いの輝きを鏃に灯せば、それは太陽色の直線となって女へ襲い掛かった。

ビスコが鞍上から放つ必中の矢を受け止められるものなど、最早この地球にいない、

そのはずが、

「寝ぼけんじゃねーぞ、イヌヤロウ……!!」

そこに閃く外套のシールド！　なんと巨軀の女が翻すキノコ守りの外套が、音速を超えたビスコの矢の勢いを殺し、ふわりとその場に浮遊させたのである。尋常ならぬ合気の技、思わず庇われているシュガーも感嘆するほどだ。

「赤星シュガーは……」

「何いッ、俺の矢を！」

「あたしの、子だああ――――ッッ!!」

そして女の手に収まった矢は、その凄まじい筋力によって投げ返される。衝撃がまるで海面を割るように水を跳ね上げ、弓から放った矢と全く遜色ない勢いで、ビスコめがけて突き進んでくる！

「うおおおっ⁉　アクタガワッッ!!」

咄嗟に操った手綱で、アクタガワの大鋏が錆喰いの矢を撥ねのける。矢ははるか後方に吹き飛んでゆき、水面に着地すると同時にそこに無数の錆喰いを咲かせた。

（……何モンだ、あいつは!!）

背後の海面に咲いた錆喰いの山を見ながら、ビスコが心中で呟く。

（いや！　言葉にはできないけど、俺にはわかってる。あいつが何なのか！）

「おまえが誰なのか、大体察しがついたぜ」

ビスコの思考とシンクロするように、女の声が響いた。ブーツの裏から咲かすクラゲダケで海面に仁王立ちし、ビスコを睨んでいる。

「だが万が一ってこともあるからな。人違いで殺されちゃあ、おまえも浮かばれねえだろう……あたしに名乗ってみな、キノコ守りのチンピラ！」

「この俺を知らねえとは。てめえ、太陽系のモンじゃねえらしいな！」

咬みつくように吼え合う口の、尖った犬歯の位置まで同じだ。シュガーは「離れておいで」と自分を解き放つ女と父を、おそるおそる交互に眺めている。

「だったら母星に伝えやがれ。地球は二人の人間によって守られている……俺がその一人！　地球最強のキノコ守り、赤星ビスコだッ！」

（赤星、ビスコ！）

女はその名前を聞いて、やはり、と得心いったようだった。そしてその前についた修飾詞について、わずかに嘲りの笑みを漏らす。

「……地球最強の、キノコ守り？」

「何か可笑しいか、てめえコラァッ」

「おかしいさ。おまえが、最強であるわけがねえ……」

微笑む女の口端から、ぎらりと犬歯が覗く！

「丁度、あたしがそうだからなあッ!!」

女はその全身に力を漲らせ、ビスコめがけて〈どぎゅんっ！〉と流星のようにカッ跳んでいく。ビスコもアクタガワの眉間を蹴って中空に躍ると、短刀を引き抜いて女を迎え撃つ。陽光にかがやく海上で、トカゲ爪の短刀と豪腕が交差する！

ばぎんっ！

（うおおっっ⁉　な、なんつー怪力だ⁉）

「おい、何だあ、そりゃ？」

この日本に、膂力においてビスコを上回るものなど、妻のパウーを入れても数えるほど。しかし女の怪力は、その鬼神めいた見た目すら更に上回るものであった。

ビスコは隕石のような女の拳撃を辛うじて躱し、その伸びた腕の腱に「そこだァッ」と一撃切りつける。しかしトカゲ爪の短刀は女の刺青に触れるや否や、それを斬り裂くどころか逆にへし折れてしまった。

「うげえっ⁉　嘘だろ‼」

「まさかそれが全力じゃねえだろうな。仮にもあたしの分霊なら！　少しは気張ってみせやがれ、ビスコ――ッッ‼」

カウンター気味に入った女の左フックが、ビスコの鼻っ柱を捉え、盛大に血を噴き出させた。その力、その技に、ビスコはいよいよ確信を強める。

（間違いない。こいつは、この女は‼）

「そうとも。あたしの名は『赤星ビスコ』！」

『赤星ビスコ』の豪腕が、ビスコの首根っこを掴み、眼前に掲げる。

「黒時空の未来のために。おまえの魂、貰いに来たッ‼」

「がぼっ‼」

首を掴まれた状態で、ビスコは叩きつけるように海底に沈められる。美しいマリンブルーの海中で、口から泡を吐いてビスコはもがく。

（うおおお——っっ‼　自分に殺られて、たまるかああ——ッッ‼）

アンプルサックから一本の薬管を探り当て、それを外套に突き刺せば、ぼんぼんぼんっ‼と続けざまに撥水性のフッ素ダケが咲き誇り、女の身体ごとビスコを中空に跳ね上げた。

「ぶはあっ！」

「く……こいつ、しぶとい！」

「パパ——ッッ‼」

噴水のように跳ね上がったビスコを、シュガーの駆るアクタガワが受け止める。ビスコは濡れネズミになった自分の頭を犬のように振って、ぺしゃんこになった髪型をわずか一秒でもとにもどした。

「パパ、大丈夫⁉」

「げほっ、がはっ！　あの筋肉は飾りじゃねえ、なんつー力してんだ！」

「あの人、なんだか他人の気がしない」

シュガーは自分でも不思議そうに、ビスコへ言う。

「安心するの。ママとは全然違うのに、なんだか、お母さんみたいな……」

「その感覚、あながち間違いじゃねえぜ、シュガー！」

ビスコが再び前方を見れば、そこには海面に腕を組む『赤星ビスコ』の姿がある。全くダメージは受けていないものの、シュガーが自分ではなくビスコを選んだことに対して、理解しながらも落胆の色を隠せないでいる。

「あいつは『赤星ビスコ』。鏡映しの時空に居る、もう一人の俺なんだ‼」

「ええっっ⁉」

　そのビスコの大声について、女の方からも異論が飛んでこないので、シュガーは素っ頓狂な声を上げてふたたび交互にお互いを見つめた。

「あれが、パパ⁉　いやママ⁇　いやママは猫柳ミロで……」

「混乱するのも当然だ。見た目は似ても似つかねえ……見てみろあの社会性のなさそうな狂犬面を！　人でも取って喰いそうだぜ」

（そこが主にそっくりですが⁉）

「おい！　いい加減、どっちもビスコじゃ都合が悪い！」

　女は不承不承といったふうに、でかい声でがなった。

「黒時空じゃあたしとミロは、レッドとブルーで通ってたんだ。双子茸のレッド。あたしを呼びたきゃそう言え」

「ふたごだけの、『火星（レッド）』だぁ～⁉　随分大きく出たな、オイッ！」

「そういうおまえは『エノキくん』で充分だろ」

レッドは今一度、ビスコの身体（からだ）を上から下まで眺めまわして、「ちッ！」といかにも不満そうに舌打ちする。

「細っこい身体（からだ）しやがってよ。そんなナリで弓が引けんのか？」

「てめーがデカすぎるだけだろーがっ！　侵略者のくせに粋がんじゃねー、こっちは三人、そっちは一人なんだぞ！」

「あたしが、一人、だって？」

ビスコの言葉を聞いて、レッドがひとつ大きく深呼吸をすれば、その全身に刻まれた刺青（いれずみ）が真紅に輝きだす。

「後悔するぜ、その言葉。あたしの肉にはな……死んでいったみんなの無念が、祈りが！　血となって流れているんだッ‼」

「な、何だ⁉」

「あの人の刺青（いれずみ）は、飾りじゃない。ひとつひとつに人の魂が籠ってる！」吹きすさぶ暴風に髪を躍らせながら、シュガーが叫ぶ。「なんて強い……でも、哀（かな）しい、力……‼」

「来ォォォおいッッ‼」

ぐわんっっ‼ と、海面そのものに大きく波紋が起こる。刺青から立ち上る万魂の力が、集約して大弓の形を成したのだ。

眩くオレンジの光を放つ、その大弓は……

「大顕現・天蟹弓ッッ‼」

神威の大蟹アクタガワの魂、その大爪で構成された、神器『天蟹弓』であった。否、アクタガワだけではない。黒時空の宿命を負って命を捧げたものたち、それら捧魂の決意が無限の力となって、弓とレッドに漲っているのだ。

「……アクタガワ、そうか……」

レッドは、己の手に握られたその形見を見て、おぼろげだった記憶の一部——アクタガワの死の瞬間を取り戻し、目を閉じ唇を噛んだ。

しかし悔恨はほんの二秒、戦意にみなぎるレッドの瞳は再び見開かれ、ビスコを正面から見据える。

「あいつ、刺青から力を引き出すのか！」

「光栄に思いな。おまえもその一部になるんだ」

「冗談じゃ……わあっ、アクタガワ‼」

レッドが掲げる天蟹弓の輝きに、いきなりアクタガワが暴れ出した。動物的本能で、眼前の武器が自身の写し身であるとすぐにわかったのであろう。

その暴れ方は「ぼくのほうが強いぞ！」と示すようで、同じ魂ふたつが巡り合えばこれはお互いに張り合うのは仕方がないことであるらしい。

「落ち着け！　兄弟で力を合わせないと——」

ぽこぽこ（泡）！

「わーっ、揺らすな！」

「こらーっ！　パパ、アクタガワ！」

そこで赤星兄弟は、ぺしん、ぺしん！　とシュガーにおでこをはたかれる。慌てふためいていた男たちはいきなり神妙になって、女児の前に頭を垂れた。

「自分が相手だからって急に慌てて。おとなげないぞっ！」

「はい」

ぽこ（泡）。

「向こうとこっち、どっちが強いの⁉」

「こっちです」

ぽこ（泡）。

「だったら自分を信じて。三人で一緒に祈るよ、せーの！」

「「来ォォいッ、超信弓‼」」

ビスコ、シュガー、そしてアクタガワ。三人の信じる力が胞子となって舞い上がり、ぐおんツッ、と、ビスコの手に虹色の弓を顕現させる！

「‼　あれは！」

レッドの表情がわずかに驚愕に染まる。超胞子の力であらゆる未来を創造する『超信力』の弓は、黒時空においてはついに顕現しえなかった力であるからだ。

「そうか、これが、超信弓……夢見る力の弓ってわけか！」

黒時空の天蟹弓。そして白時空の超信弓！　並び立つはずのない二つの究極弓が、この海上において向かい合う。

「上等だぜ。先に撃ちな！　あたしが現実見せてやるッ‼」

「抜かせェ、コラァァ――――――ッッ‼」

ばぎゅうんッッ‼

どぎゅんッッ‼

二つの極大の閃光がぶつかり合い、海上で特大の爆発を起こした！　ぼぐん、ぼぐん、ぼぐんっっ‼　とキノコが咲き上がり、まるでモーセのように海を割って、海面に大きなキノコの足場を咲かせる。

「うおお――――っっ……」

衝撃に髪をなびかせて、アクタガワの上で堪えるビスコ。

「ご……互角だと⁉」

一方のレッドも驚きを隠せない。お互いが本気で放った二つの矢の力は、驚くことに完全な互角であったらしい。

だが、次の手が速かったのは——

「パパ、いまだよっ！」

「よォッしゃァア————ッッ‼」

ビスコのほうであった！　パウー仕込みの棍術でもって、娘からパスされた大菌棍を振りかぶり、レッド目掛けて袈裟懸けに振り下ろす。

「どらッ‼」

「！　ちぃッ」

レッドが咄嗟に天蟹弓で受ければ、胞子の閃光が飛び散ってあたりを大きく照らす。続く二撃、三撃と雷光のようなスピードで、ビスコの技がレッドに攻め手を許さない。

「弱点見えたぜ。お前、一撃のパワーがでけえ分、手数は劣るようだな！」

（こいつ……‼）

「刺青にいくつも悪霊を飼ってるようだが、それが仇になったのさ。怨念の重みを抱えながら、俺のスピードに追い付けるかよ！」

「——悪霊、だと！」

ビスコと至近距離で向かい合い、翡翠の瞳をぶつけあって、レッドの表情が憤怒の色に染まった。犬歯をぎりりと噛みしめれば、今度は右手首の刺青が輝き、腕全体から太陽色のツタが伸びあがって、ビスコを押し戻してゆく！

「！　ツタが⁉　こ、この技は！」

「悪霊と言ったのか。あたしの中の、みんなのことを！」

ばぎいんっ！　とビスコを跳ね飛ばし、大きく振りかぶられたのは、紅菱王シシの武器のはずである『獅子紅剣』である！

「みんなの魂を、悪霊と言ったのか————ッッ‼」

ずばんっっ‼

「ぐわァッ！」

薙ぎ払われた獅子紅剣はすさまじい切れ味で、神器・大菌棍を両断してしまう。咄嗟に身を引いて躱すものの、その切っ先はビスコの胸筋を斬り裂いて血を噴き出した。

「パパっっ‼」

背後のアクタガワからシュガーの菌鞭が伸びて、続く斬撃からビスコを間一髪で救い出す。

ビスコは鞍上で冷や汗を拭いながら、レッドの恐るべき力に驚嘆する。

「鬼気迫るとはこのことだぜ。どんだけ俺を殺したいんだ、あいつ！」

「パパ……」

「んん？」

呟くシュガーの表情は切なく、憐憫をもって眼前を見つめている。レッドからの追撃がないのを不思議に思い、ビスコもシュガーの目線を追うと……

「ぐ……あ……熱い……!!」

「ああっ……!?」

無傷なはずのレッドの身体中から、肉を焦がす白煙が上がっている。その身に力を与えるはずの刺青の怨念が、逆に宿主を焼き尽くさんばかりに燃え滾っているのだ。

勝て、ビスコ。

勝て——

「ぐわああああ——っっ……!!」

「オーバーヒートだ。あいつ、自分の刺青に焼かれてる！」

肉の焦げる匂いが漂い、痛ましさにシュガーは眼をそむける。それでもレッドは獅子紅剣に寄りかかり、膝をつくことすら己に許さない。

「だ、だめだ。勝つ。あたしは、勝つんだ——」

「止めろ、バカ女!!　再戦は受けてやる。こんな所で、自滅するつもりかよッ!!」

「勝って、おまえを、喰わなくちゃ……!!」

ビスコと合わせる翡翠の瞳には、もはや理性は残っておらず、ただ決意と焦燥の入り混じった、悲愴のほむらが燃え盛っている。

「強くなって、ラストを倒さなくちゃ。でなければ、なんの、ために——!!」

「パパ！」

シュガーが縋(すが)るように父親を振り向く。

「お願い。あの人を助けてあげて！」

「……ようし。わかった!!」

ビスコは頷(うなず)いた。

自分のことは自分がよくわかっている。言ってわかる相手でないのなら、ひとまず気絶させるほかはない。

「お前の出番だぜ、アクタガワ！」

「ぐうおおお——っっ……!!」

一方のレッドは肉体の限界を越えながらも、使命感だけで天蟹弓(てんかいきゅう)の弦(つる)を修復する。

「あたしが、勝てないなら、何のために!!」

ビスコの手綱で突っ込んでくるアクタガワへ狙いを合わせると、矢を引き絞り喉を震わせ、悲鳴にも近い声で叫ぶ！

「みんなは死んでいったんだよおおおお——ッッ!!」

「……レッド!!」

「メア、力を貸して！　ライフ・オーシャン・ストリ——ムッ！」

ここが海であったことが幸いした。海神メアの神威がシュガーに力を貸し、渦を巻き上げてアクタガワを包み込んだのである。

海神の加護を受けたアクタガワの周りには、海水を巻き上げる渦潮の力が顕現する。大鋏をぎらりと掲げれば、それを中心に海水の竜巻が巻き起こる！

「その力！　あたしに寄越せぇ――――ッッ!!」

放たれる天蟹弓、しかし！

「いけぇ、アクタガワ！」

「「ライフ・オーシャン・ブリザ――ドッッ!!」」

迎え撃つ大鋏から海水が昇竜のごとく沸き上がり、放たれた天蟹弓の矢を寸前で呑み込んだ！　乾坤のライフ・オーシャン・ブリザードはそのままレッドを巻き上げ、絶対零度の氷柱となって凍り付く。

「う、うわああっっ!?」

焼き尽くされて灰になりかけたレッドの身体は、そこで急速に冷凍され一命をとりとめる。いまだ戦意剝き出しでもがくレッドへ向かい、アクタガワが大質量の甲殻を跳ね上げ、ドリルのように身体を回転させる。

「こいつで頭を冷やしな！」

「かに奥義！」

「「太陽蟹大回転ッッ!!」」

どずばんっっ！

砕け散る氷柱！　アクタガワのスピンアタックは、丁度レッドを気絶させるだけの見事なコントロールで炸裂した。レッドは舞い散る氷のきらめきの中で、焦燥に覆われた意識をついに手放す。

（ああ。）

（あたしやっぱり、だめだよ、一人じゃ。）

（おまえなしじゃ。）

（ミロ……。）

目尻から刺青を伝って、翡翠色の涙がひとつこぼれた。

その涙ごと、自分の身体がビスコの腕に受け止められるのを、レッドは失いつつある意識の片隅で、かすかに感じていた。

5

抱きしめた肉から、こぼれる——

真っ赤な死のぬめり。とめどなく溢れ出る鮮血は、止まるどころか勢いを増しつづけ、濁流となって自分の服を汚してゆく。

腕の中で、愛するものが冷たくなってゆく恐怖に、

レッドはその身を震わせて、

絶望に戦慄いた。

「あああ……。」

「いやだ、いやだ、いやだ……！」

「あたしも一緒に死ぬ。」

「殺してくれ、」

「あたしを殺してくれ——ッッ!!」

＊＊＊

「う……！」

「！　レッドさん！」

ミロは寝台で身じろぎした巨軀の女に、慌ててその顔を覗き込む。

「いやだよ。いかないで。ミロ……!!」

覚醒してはいないようだが、その童顔は苦しげに歪み、歯を喰いしばって絶望の悪夢に耐えているようだ。

（レッドさん……。）

どんな夢を見ているかはわからないが、ミロは何故だか胸がいっぱいになるような苦しさを覚えて、その首筋から頬にかけてを静かに撫でてやる。

（……この刺青の全てが、託された想いの数だとしたら）

入り組んだ刺青のそれぞれがミロの手に触れるたび、それぞれがじわりと焦がす熱を持って、白い指と掌に伝わる。

（この人は。一体どれだけ、つらい思いをしてきたんだろう？）

ミロの優しい手に触れられている間だけ、レッドは呼吸を落ちつけるようだった。ミロは青く星のような瞳でその寝顔をひとしきり見つめ、それで触診を終えた。

『別時空から女ビスコが降って来た』——

という尋常ならぬニュースは、すぐにチロルによって共有され、現在は万霊寺(ばんりょうじ)の救急室でミロが様子を見ている、という状態であった。

あの人智(じんち)を超えたパワーでまた暴れ出したら大変だというので、レッドの胴や腕は鉄の金具で寝台に固定されており、万一のことも考え、シュガーとソルトの二児が赤星(あかぼし)マリーのもとに預けられている。

(心はともかく、身体(からだ)の回復速度はすごいな……あのアクタガワの一撃を受けて、もうすっかり回復しつつある)

「ミロ、もう入っていい？」

「あっ、チロル！」

病室の外から、チロルの軽薄な声がする。

「待ってね、いま服を着せて……」

「いいらしい」

「うむ、どれどれ……」

「やっぱ疑わしくなってきたわ。こんなバケモンが、ほんとに俺なのか〜〜？」

「ああっっ、だめだって、こら、入ってくんなっっ‼」

ミロが制止するのも聞かず、ならずもの三人がゾロゾロと病室に入ってきた。ミロの繊細な施術を台無しにするがごとく、

(((じい〜〜〜っっ)))

寝台の前後左右から無遠慮にレッドを覗き込んでいる。

レッドは目覚めぬまでも露骨に息苦しさを感じたのか、「ウ〜〜〜ン‼」と唸って首をばたばたと振り、おでこに脂汗をかいている。

「ほほ〜。これが女赤星ちゃんですか」

「こ、これが……‼」

「コラ——⁉　女子二人‼　ちょっとは遠慮しなさい‼」

品定めするようなチロルと、まなこを見開いてレッドに釘付けになるパウー。患者を護ろうと二人を喰い止めるミロの隙をついて、今度はビスコが別時空の自分を見つめる。

「いまだに納得いかねえぜ。見ろ、狂犬じみたこのツラの、どこが俺なんだ⁉　こんなのが世の中に放たれてみろ。法も平和もあったもんじゃね〜」

「あんた鏡見たことないの？」

「法も平和も蹂躙しておいて、何をしらじらしい」

「本気かお前ら⁉　何とか言ってやれミロ、こいつそもそも——」

「女じゃねえか、って言いたいのもわかるけど」

女子二人の想像以上の興味津々っぷりに、ミロは引き離すのを諦め、ビスコの問いかけに答えた。

「医学的見地で見ても、この人の組成はほぼビスコだよ。チロルの分析どおり、黒時空の人達はみんな性別が反転してるんだと思う」

「ふう〜〜ん……」

「ま、もともと赤星も、ヒロインみたいなもんだけどね」

「どういう意味だ⁉ 説明しろ‼」

「……説明してもらうのはこちらのほうだっ！」

びくっ！ と竦み上がる一同。それまで言葉少なにレッドを見つめていたパウーが、いきなりいきり立ってビスコに摑みかかったのだ。

「女になった自分を見てみろ、亭主殿。すべてが私より大きいではないか⁉ 妻の私に恥をかかせおって、どういうつもりなんだ！」

「ええっっ⁉」

「そうだよ。どういうつもり⁉」

「知ったことか俺がァ———っっ⁉⁉」

（う、うう……）

やかましい声が……

さすがにレッドの混濁した意識の奥にとどき、

（う、うるせ〜〜……!!）

正当な感想を導き出す。

濁った頭のまま薄目を開けても、まだ視力や聴力は回復しきっておらず、何も見えない。ただ感触で理解するには、自分は何か寝台のようなものに寝かされていて、様々な計器で身体の組成を調べられているらしい。

（どこだここは。あたしは、一体……!?）

曖昧な意識のまま本能的な危機を感じたレッドは、身体を起こそうとして、寝台に鋼鉄の器具でくりつけられていることに気付く。首、手首、胴と厳重に拘束するそれを、一瞬にして敵と認識すると……

（ま……）

（まずい、）

（殺られるっっ!!）

「……ううおおおお――――ッッ!!」

ばぎんっ！

刺青を真っ赤に輝かせ、弾けんばかりの筋肉でそれを捥ぎとばした！

「「「ああっっ!!」」」

レッドを後目に、わちゃわちゃと騒いでいた一行は、途端に身を翻し、体勢を整える。それへ向けてレッドは巨軀に力を漲らせ、それまで寝ていた寝台を一息に持ち上げると、

「どぉおおらッッ!!」

筋肉に漲る力で、まるで球でも放るようにそれを投げつけた。咄嗟に飛びのく一同のすぐそばで、寝台は壁に当たって砕け散る。

「ヒエ――ッ!!　起きた!!」

「こいつ！」

「ビスコ、ステイっ！　レッドさん、落ち着いて！」

ミロは慌てて一同の前に立ち、意識が混濁したままのレッドを説得しようとする。

「僕たちは敵じゃありません。あなたは精神に深いダメージを受けている……僕を信じて、治療を受けてください！」

「お、おまえ、は……？」

「僕は、猫柳ミロ！」

猫柳ミロ。

明るく理知的で、涼やかな声。少し音域が低いようだが、それでもレッドの心を優しく包むような、相棒の声だ。

「ビスコの相棒です。学校でてます！　だから安心して……」

「……ミロ？　そんな、そんなはず、ない……」

いかなる患者もなだめてきた、美貌のパンダ医師の優しい声にほだされかけて、レッドは先の悪夢を反芻し、固まった。

この声が、この暖かさが、ミロであるはずがない。

「だって……ミロは、死、死――」

「おい、やばいぞ。眼が逝ってる、正気じゃないぜ！」

「レッドさん、しっかりして！」

「その、声で！　話しかけるなあああ――――っっ!!」

思い出したくない、深く封印した記憶に焦がされるようにして、レッドの全身の刺青が熱波を発し、部屋中のものを弾き飛ばした。

「わああ――っ!?　万霊寺の研究史が！」

熱波でめらめらと燃える貴重な書物を前に、チロルがお下げを逆立てて騒ぐ。

「ちょっとミロ！　あんたの声で落ち着くどころか、逆効果じゃん！」

「ど、どうして!?」

「いんちきパンダの本質を早くも見抜いたらしい。さすがは俺といったところだ」

「どこがいんちきか言ってみろおいっっ‼」

「退がれ、男児どもっ!」

少年たちが揉めだすその後ろから、がうんっ! とひとつ鉄棍を振り抜き、白蛇棍の戦士パウーが前に歩み出た。

「このままではレッド殿の傷が増すばかり。もう一度気絶させる他あるまい。赤星が伴侶たるこの猫柳パウー、しかとお役目引き受けた!」

「パウー、だと……⁉」

ふらつく頭にその名を聞いて、レッドがハッと顔を上げる。視力の戻り切らないその瞳の前に、活人の鉄棍が突き出される。

「ご無礼、許されよ! けえええええりゃあ――――ッッ‼」

だんっっ! と床を蹴り抜いて跳ぶパウーの身体は、その怪力を以って白蛇棍の技を振り抜く。朦朧とするレッドが防御する暇もなく、鉄棍はその首筋を捉える!

しかし、
ばぎんっっ‼

「……ああっっ⁉」

「ぐるるる……‼」

なんという常識ばなれの頑丈さか、確実に急所を捉えたはずの鉄棍は、鋼のようなレッドの筋骨に負けて折れ飛んでしまったのだ。

レッドに視力ままならずとも、この距離での反撃は容易。体勢を崩したパウーは、

（ふ、不覚！）

と歯を喰いしばり、反撃に備え身体を硬直させる！

しかし、

「パウ――――ッッ‼」

レッドが繰り出したのは拳ではなかった！　殴るどころか、その両腕をパウーの胴に回すと、愛おしげに頬を摺り寄せて抱き締めたのである。

「会いたかった……！」

「――はっっ⁉」

「「えええっっ⁉」」

唖然と驚く一同の声。

「生きてたんだな。あたし、てっきり……おまえ、太ったか？　なんだか女みたいだ！」

困惑するパウー本人を後目にレッドは伴侶を後ろへかばい、その巨軀を盾に、ふたたびビスコたちへ向き直った。

混乱の中にようやく護るものを見つけ、むしろ奮い立った様子である。

「この世界は変だ。錆神(さびがみ)に幻を見せられているのかもしれない。パウー、気を付けろ！」

「ちょっ、レッド殿！　誤解です、私は……！」

「？　他人行儀だな、嫁相手に。いつも通りビスコって呼べよ！」

困りきったのはパウーだ。

レッドは今や自分を夫と誤認し、すっかり背後を許している。パウーの手刀で後頭部に一撃入れれば、すぐに気絶するだろう。

「しめた！　パウーやっちゃえ、隙だらけだよっ！」

「あいつ、何してんだ!?　早くしろ！」

ところが……。

「心配するな、パウー。あたしがおまえを護(まも)ってみせる！」

亭主に熱く囁(ささや)かれたパウーの心は、内なる少女の部分を完璧に撃ち抜かれ、

「……はい、旦那さま……」

「「うお――――い!?!?」」

頰を桜色に染め、コテーン！　とレッドの肩に首を預けてしまった。その有り様にビスコとチロルは大声で突っ込み、猫柳(ねこやなぎ)家の弟のみが、妙に得心いったように苦笑いしている。

「お前んとこの嫁はなにしとんぢゃ!?　はやく殴れってて っ!!」

「く、口説かれやがったっ」

ビスコの額に脂汗が浮く。

「レッドの野郎〜〜！　よその時空から土足で踏み込んだ挙句、人様の妻に手を出すとは。道徳ってもんを知らねえのかよ⁉」

「ほんとだねえ」

焦るビスコに同意しつつも、ミロはにやにやと面白そうだ。

「まったくゆるされざる光景だよ。しかも万霊寺の仏前だよ、ビスコ？　畏れ多いねえ？夫として、ビシッと言っといたほうがいいんじゃない？」

「ウおいっっ！　狼藉者コラ——‼」

まるでミロのリモコンに操られるがごとく、ビスコがレッドに吠え掛かる。

「公衆の面前でパウーにちょっかいだすな。恥を知れ恥を‼」

「何恥ずかしいことがあるんだ。あたしの伴侶だぞッ！」

「ボケか⁉　俺のだっっ‼」

（⁉⁉⁉）

パウーは眼前で繰り広げられる五兆年に一度の光景に、

（二人のビスコが、私を争って⁉⁉）

ただでさえ限界であった心を一瞬でパンクさせ、

「がはっ——」

魂をぶっ飛ばして失神してしまった。スコンと床に倒れたパウーを、慌ててビスコとレッドが心配そうに囲む。

「「パウ――――ッッ！」」

（よかったね……）

「よくねえよっ！」

生ぬるい顔のミロの頭頂部をはたくチロルは、この場においてもはやマトモな人間が自分しかいないと思い知り、爪を噛(か)んだ。

（ど、どうする⁉　このまま赤星(あかぼし)とレッドがやりあったら、万霊寺(ばんりようじ)がめちゃくちゃに……）

思案するその脳裏に、ふと、

（チロル。）

（チロル、聞こえるか。）

「はっっ？？？」

突然、何者かの声が響きわたった。

チロルは名前を呼ばれて不思議そうにあたりを見渡すも、その場に声の主らしき人影は見当たらない。

「ミロ、なんか言った？」

「なにが？」

「んん？　気のせいか……」

（ぼくの記憶を使え、チロル。）

「いや呼んどるがな。遊んでんのか、パンダおいっ！」

「ちょっと待ってよ、僕は何も──」

「ふざけてる場合じゃないの！　女赤星（あかぼし）を、はやく正気に戻さないと──」

（ビスコは……いや、レッドは、）

（精神的なショックで、記憶を封印している。）

（ぼく視点の記憶を共有すれば、正気に戻るだろう。）

（さあ、）

（ぼくの力を受け取れ。やるんだ、チロル！）

「み、ミロじゃない、この声は一体⁉」

「チロル、どうしたの⁉」

「誰かが、あたしの脳裏に――おわわわっっ⁉」

その瞬間、チロルは己の内に沸き上がる、得体の知れぬ叡智（えいち）の力を感じた。元々すぐれたチロルの智（ち）の力、それが二倍にも、十倍にもなったような心強さだ。

くらげ髪を浮かせて、ピンク色に発光しだすチロルのオーラに、一触即発だったビスコとレッドの視線も釘付（くぎづ）けになる。

「何だ……⁉」

「チロル⁉」

「こ……この記憶は、そうか！　あたしの、あたしのっっ‼」

もう一人のチロルに託された願いを瞬時に理解して、チロルは叡智（えいち）の光を頭上に掲げ、託された記憶のビジョンを解放した。

「共有せよ！　ランチ・メモリ・リコレクト――ッツ‼」

チロルから放たれる半球状のエネルギーが、万霊寺（ばんりようじ）一帯を包み込む！　ミロとビスコは白んでゆく意識の向こうに、別の景色が広がってゆくのを感じた。

＊＊＊

「『あたしを、殺して』」

「それが、願いだな？　双子茸のレッド。」

「良いだろう。」

「倭の施し、受けるがよい。」

錆神の腕に、歯車が高速で回転しだす。

撃ち出されれば、レッドの身体は跡形もなく打ち砕かれるだろう。しかし今のレッドには、立ち上がるだけの精神力が残されていない。

どこか他人事のように、自分と相棒の死を見つめている……

「さらばだ。」

歯車の圏が、少年の腕から撃ち出される、

その寸前！

「ラァアンチ！　シティ・メイカー・メガロポリスッッ‼」

どがんっ‼

発射寸前だったラストの拳を、万霊寺の術式が弾き飛ばした。伸びあがってゆく『都市ビル』の力をまともに受けて、ラストの片腕はその肩口から捥げ飛び、遠く富士の樹海に炸裂して爆炎を上げる。

「む。」

「赤星に、手を出すな――――ッッ!!」

　チロルである！

　駆け寄ってきたチロルはそのままレッドの身体を抱えると、強引に遺体から引きはがして、ラストと距離を取った。

「赤星、しっかりしろ！　ミロは、ミロはどうしたんだ!?」

　チロルはそこまで言って、はっと息を詰め……、

　レッドの胸をよごす夥しい鮮血を目の当たりにし、凡その事態を悟ってしまった。ひととき、唇を噛んで親友に想いを馳せるが、すぐに気持ちを切り替えてレッドに呼びかける。

「だめだ。まだ諦めるな、赤星！　赤星、しっかりしろっ!!」

「…………。」

「赤星ィッ！　ぼくがわからないのか!!」

　レッドの眼は虚ろで、チロルを視界に捉えてすらいない。必死に身体を揺さぶるチロルを見やって、羽虫のンナバドゥが嘲笑った。

『なあんだ、あのちっちゃいのは？』

　自分を棚に上げて羽音をたてる。

『キノコ守りの眷属、万霊寺のネズミどもか。鬱陶しいことこの上ねえぜ！　ささラストさ

ま、まとめてお掃除いたしましょう』

「鬱陶しさではおまえが上だがな。」

『ンご冗談ン！』

「立て、立ってくれ、赤星！　お前にはまだ、息子がいるんだぞ――ッッ!!」

チロルはレッドの両肩に手をかけて必死に揺さぶるが、レッドの精神は破壊されたままだ。

（だめだ。ショックで心が動いてない……記憶をいったん隔離しなくては！）

口の中で術式をつぶやき、発光する掌でレッドに触れるチロル。

「ランチ・メモリ・アイソレート！」

万霊寺に伝わる精神操作の術法を駆使して、絶望の記憶に蓋をしたのだ。それを他人事のように見ながら、錆神は捥げた片腕をこともなげに再生してゆく。

「これで……！」

「無粋をするな。その女は、倭に屈服し、魂を捧げたのだぞ。」

必死なチロルの背後から歩み寄る、愉悦まじりの声。

「あれだけ気高かった戦士の魂が、這いつくばってまで己が死を願った。倭が叶えてやらねば、あまりに惨め、あまりに無様ではないか？」

「黙れよ……!!」

「どけ、小くらげ。」

「ブート！　シティ・メイカー・トレインッッ!!」

チロルが振り向きざまに放つ、シティ・メイカー・トレインの術式！　それは山肌から山手線の車両を創造し、猛然とラストの身体に激突する。

「おお？」

『な、なんだこれは!?　ぎゅわ――っ!?』

どがんっ!!

迫る電車をまったく躱しすらしないラストの身体は、そのまま車両ごと遠方の山肌に叩きつけられ、大きく白煙を上げた。

それを見送ってチロルはせき込み、喉から血混じりのネジを吐く。

「げぼっ、げはっ！　くそう……!!」

「……チ、ロル……？」

チロルの喀血を肌に受け止めて、それまで絶望に曇っていたレッドの瞳に、翡翠の光が戻った。力を失っていた刺青の光が、にわかに戻ってくる。

「――チロル！　おまえ、その身体っ!!」

「気が付いたな、赤星……！」

助け起こされるチロルの身体は、過剰なシティ・メイカー・プログラムの反動を受けて半ば都市化し、身体に生えた電柱から火花を散らしている。しかしチロルの表情は激痛に歪むことなく、笑みすら浮かべてレッドを見つめている。

「あ、あたしは、負けたのか……⁉　くそ、記憶が飛んじまってる！」

「負けじゃない。お前が生きてる……。ぼくの最後の術式で、お前を逃がすぞ」

「逃げてどうするっ⁉　この場で敵わなきゃ次はない。この世界に、錆神を斃せるやつなんて、もういないんだっ‼」

「この世界にいないだけだ」

チロルはビスコを遮って言う。

「万霊寺はこの事態を見越して、ぼくに最後の切り札を残していた。人間を別の時空に飛ばす、最大術式〈アカシャ・トリッパー〉」

「……べ、別の時空、だって？」

「いいか赤星。ぼくたちの黒時空から、白時空へとおまえを飛ばす。白時空にも、もう一人のレッド……つまり、赤星ビスコが居るはずなんだ。〈吸魂の法〉でそいつの魂を喰らえば、お前の力は錆神を越えて跳ね上がる！」

突然の話である。

ただでさえ記憶がふらつく今のレッドには、理解しがたい内容だ。ただ、

（──もう一人の、あたしを、喰らう！）

チロルから受け取ったその使命だけが、強くその心に焼き付いた。

「！　ラストが来る。もたもたしてられん！」

振り返れば、蛇のように絡みつく山手線を、ラストがその両手で紙のように引き裂いてゆくのが見える。もはや時間がないと悟ったチロルは、己の身体が崩れるのにもかかわらず、秘術〈アカシャ・トリッパー〉の術式を展開する。

「アカシャ・トリッパー・セットアップ。演算、演算、構築、検索、再構築——」

「チロルッ！　だめだ、おまえ身体が!!」ばきばきばき、と術式の反動でひび割れてゆくチロルの身体を摑んで、レッドが悲痛に叫ぶ。「術式を止めろ!!　おまえ、あたしなんかのために、死ぬ気かよっ!?」

「ぼくの勝手だ。悪いか？」

「あたしのこと、嫌いだったくせに！」

「嫌いなやつと、喧嘩なんかしないさ。」

レッドの頬に滝のようにこぼれる涙を、チロルは親指で拭ってやり、くしゃくしゃになった喧嘩相手の顔に、勝ち誇った笑みを投げかけた。

「とうとう、ぼくの前で泣きやがったな。」

「——。」

「ざまあないぜ。」

チロルの手元に、〈アカシャ・トリッパー〉の術式が完成する。その手が優しくレッドの頬に触れれば、その身体は柔らかな緑光に包まれる。

「お別れだ、赤星。向こうのぼくに、せいぜい優しくしろよ！」

「──チロル、やめろ！　あたしを、一人にしないでくれ──っ!!」

「いけえっ！〈アカシャ・トリッパー〉っっ!!」

咆哮とともに、
どうっ!!　と、緑光に包まれたレッドの身体がミサイルのように撃ちあがった。それは凄まじいスピードで、まるで流星のように上空へ飛翔してゆく。

『──ややっ、あれは!?』

仰天したのはンナバドゥだ。

『あの光は……まさか〈アカシャ・トリッパー〉!?　なんと人間ごときが、時空転移の術式を完成させていたのかっっ』

「撃ちおとすか？」

『ぜひとも！』

頷くラストが撃ち出す、超音速の歯車圏がそれを追いかけるも、飛翔する流星はやがて空間に穴を開け、亜空間に滑り込む。歯車圏が追い付くころには、すでにレッドはこの時空に影も形もなかった。

『し、しまった。レッドに逃げられたっっ』

ンナバドゥが頭を抱え、空中で地団太を踏む。

『そうかっ。白時空に逃げて、魂を集めるのが狙いか！　お、おのれ、まさかそんな切り札を持っていようとは……』

「つまり、油断したのか、蝿め。」

『お、お許しを!!』

「あ――っはっはっ！　馬鹿め！」

チロルはぼろぼろの身体で身体を反らせて笑い、持ち前のふてぶてしさでもって、噛みつくようにラストに笑いかけた。

「ぼくのこと、小さいなりとあなどったな。ざまあみろ。小くらげの毒は見ての通り、遅れて効いてくるんだよ!!」

「ふふ、愉快だ。」

自分に啖呵を切ってくるチロルを小気味よく思うラストの一方、恥をかかされた憤怒で、ンナバドゥの全身が真っ赤に染まる。

『うぉ、うぉれを出し抜いたつもりか。小賢しい人間の餓鬼めがァア――ッツ。特別むごたらしい死を、くれてやるぞッッ！　さあ、ラストさま！』

「うん。」

（ここまでか）

つとめは果たした。

「さらばだ、小くらげ。」

『死ィイねえええ――――ッッ!!』

畏れはない。

友のために捧げた人生に、後悔はない。

チロルは決然と眼前の死を睨んで、己に残った全ての生命力を術式に変換する！

「万霊寺一千万の英霊たちよ、」

「ぼくの最期に、気高き智の力を！」

「ランチ！」

「シティ・メイカ――――――――ッッ!!」

＊＊＊

「……はっっ!!」

我に返ったビスコとミロが、お互いの顔を見つめる。

「い、いまの景色は、一体……」

「今際の際の記憶だったぜ。でも、誰の⁉」

「あたしのだよ」

感慨深そうに呟くチロルに、少年たちの視線が集まる。チロルはこみ上げる涙を袖で拭いて、静かに自身の胸を撫でた。

「あ、あたしが、レッドをここへ逃がしたんだ。己の命を、捨ててまで……。バカだよ。自分が死んじゃったら、何にもならないのにさ」

「命を捨ててだぁ～～？」

「大丈夫、脈は正常だよ、チロル！」

「少しは伝われっっ‼　アホガキどもっっ」

少年たちの理解力の低さに、ムキになって突っかかるチロルの背後から、

「──そうだ。チロルが命を捨てて、あたしを逃がした」

双子茸レッドの、静かな声が呟いた。

チロル視点から共有された記憶の断片を理解したことで、朦朧とした混乱状態から立ち直ったようだ。

まだ記憶は完全ではないものの、その瞳には翡翠の輝きが戻っている。

「そうか、ここは白時空……死んだはずのみんなが生きていても、おかしくないんだ」

「レッドさん！」

「ごめんよ。錆神の、幻術かと思って」

しっかりとした理性を感じる反面、その声からはやや元気が失われている。レッドは周囲を見回すと、起き上がろうとするパウーの身体を抱き起こして、耳元に呟いた。

「ごめんなパウー。怖かったか？」

「レ、レッド殿……」

「また会えたと思って、舞い上がっちゃった」

投げかける微笑みに滲む、深い哀しみ。

「さあ。亭主のところへ帰りな……。」

パウーはその、あまりに寂し気なレッドの言葉に心打たれ、次の瞬間には、思わずその巨軀を抱き締めていた。

レッドの身体は驚きにびくりと震え、

しばらくそのまま動かなかった。レッドの心音を自分の胸に感じながら、パウーもまた、見開いた瞳を大きく震わせていた。

6

『おおっ、ついに突き止めたぞ。〈白時空〉の座標を!!』

手元の端末をかちゃかちゃと叩き、羽虫がはしゃいだ。

チロルから解析した〈アカシャ・トリップ〉の術式を駆使して、四次元的に広がる亜空間の中から、レッドが逃げのびた時空を探し当てたのだ。

『いま、空にビジョンを映しますぞ。——なあんと美しい景色か! ラストさまご覧くださ い、これが我らの世界と対となる……ぎゃっ!』

「うるさいぞ。」

ラストは羽ばたき続けるそれをぺしりと手の甲で弾いて、腕の中で泣き出しかける赤ん坊を、よしよしと優しくなだめた。

その赤子こそ、赤星シュガー。

健やかに生き延びて欲しいと願うレッドたちの祈りもむなしく、その身柄はすでにンナバドゥによって発見されてしまった。ただ今のところ、その生命に価値ありと判断されてか、危害を加えられてはいないようだ。

「赤子が起きただろう。デリカシーのないやつだ。」

（うぇ　うぇえん）

富士山頂に聳え立つ都市ビルの屋上で、シュガーの泣き声がこだました。

チロルの最後の一撃が遺した、高層ビルである。その屋上に腰かけてシュガーをあやし、少年神は足を遊ばせている。

「よしよし。泣くな……。」

『ンもう。そやつは怨敵レッドの息子なのですぞォ』自分よりシュガーが贔屓にされているのが気に食わないのか、羽虫が恨みがましい羽音をたてる。『使い道があるとは申しましたが、何もそこまで丁重にィ』

「弱い生き物だから、それなりに扱っているまでだ。」

ラストはむずがっていたシュガーが、やがて安らかに落ち着いてゆくのを、変わらぬ無表情で見続けている。

馬車馬のように働かされているシナバドゥからすれば、美貌の神の寵愛をなんにもしないで授かれるのであるから、まあ納得しがたいことではあろう。

「……よし、また寝てくれた。」

ラストは小さな溜息をついて、言う。

「それで、何だと？」

『ですからラストさま。この蝿め、あのチロルとやらの遺骸から、時空干渉の技術を解読したのでございますよ。中空に映る、あれなる景色をご覧ください』

ラストはンナバドゥの示す方向に視線を向け、そこでしばし、中空に映った新たな世界のビジョンに釘付けになった。

「あの世界は……？」

『あれが白時空でございます。この黒時空とは鏡映しの世界とのこと。しかしそれにしては、滅び切ったこの光景とえらい違いですな』

「…………。」

映像の向こうには、降り注ぐ陽光を受けて、きらきらと輝く大地……

滅びたビルや戦車の隙間から、たくましくも伸び育つ草花。喰って喰われて、伸びやかに生と死を謳歌する動物たち。

（——すてきだ。）

ラストはビルに腰かけたまま、うっとりと溜息をついた。

視線を下に向ければ、そこには無数の錆の像たち。時の止まった願いの養殖場が広がるばかり。魂を絞られ切ったこの世界には、もはや退屈しかない。

「なぜ、こんな美しい世界が、手つかずなのだ。」

『それがどうやら』

むむ、と端末の画面を睨んで、ンナバドゥが答える。

『向こうの時空には、錆神が存在しないようなのです。何かに倒されたのか、そもそも、誕生しなかったのか……』

「ということは、あの世界の魂、倭が独り占めできるということだな。」

少年はわずかに温度を帯びた声で続けた。

「へし折り甲斐のある戦士の魂が、ふんだんに残っていよう。」

『嗚呼ドSなりラストさまっ！　——えっ、あちらへ行かれるおつもりで？』

「当然だ。蝿、さっさと道を拓け。」

『無茶おっしゃい！　ようやくビジョンを繋いだばかりというのにィ』

羽虫はそう悲鳴を上げたものの、なんとか少年のわがままに応えようと、手元のミクロな端末を必死にいじっている。

『よいですか、白時空に錆神がおらぬということは、我らがこれまで殺したすべてのキノコ守りたちが生存しておるということ。いかにラストさまとはいえ、連中を同時に相手にしては、いささか分が悪うございます』

「なんとかしろ。」

『何より脅威なのは、〈菌神シュガー〉の存在』

ンナバドゥはラストの手の中で寝息を立てる赤子を一瞥し、いまいましそうに続けた。

『この赤星シュガーは白時空において、錆神と対を為す、菌神なる神格を得ておるとか。よもやラストさまが負けることなどあり得ぬとはいえ、神格同士がぶつかり合えば、ただでは済まぬこと必定！』

「なんとかしろ。」

『いやはやっっ！』

大仰に呆れて見せたものの、ンナバドゥにラストの返答は予想済みであった。少し羽音を抑えて少年の耳元に止まると、妙に改まって提案する。

『ではラストさま。いきなり攻め入るのではなく、蝿めに準備をお任せください。この〈アカシャ・トリップ〉の術式を応用すれば、労せずしてキノコ守りを間引きできます』

「考えがあるのだな？」

『一寸の虫に五分の奸計と申します。そのためには、御身の中の魂を、数万個ほど……』

「借りたいというのか。」

ラストは露骨に嫌そうな顔をした。魂の力を分けるのが嫌なのではなく、その方法が極めて少年の身に不快なのである。

「仕方あるまい。さっさとしろ。」

『御意』

ンナバドゥは少年の許可を得て、しめしめとばかりにその耳の穴に飛び込むと、ラストの中に渦巻く那由他の魂の中から、手頃なものを探して飛び回った。

『きゅはきゅは!!　この魂の海の、なんとも心地よいこと。この魂を持ってゆこうカナ？　おっと、こちらの魂も新鮮でよいぞ——』

「早く出てこい。捻り潰すぞ!!」

『お待ちを。まだボディを決めておりませぬゆえ』

羽虫は少年の中で数万の魂をかきあつめていく。当然ながら頭の中で飛び回られていい思いをする訳がなく、これはラストにとって極めて不快な作業のひとつである。

『おやっ。この魂は、願いが一際強い！』

ラストの無表情が徐々に憤怒のそれに染まり、額に血管が浮き出す。あとわずかに力めば、本当にンナバドゥを圧殺しかねないところ、

『ボディ・チェーンジ！』

その怒りが頂点に達する寸前で、しゅぽんっ、と、ラストよりも高い背丈の身体が耳穴から滑り出た。

『よい魂がございました。如何ですかな、蠅めの新しい身体は？』

「…………。」

口調は蠅でも、声は依り代の青年のもの。

ンナバドゥはめぼしい魂の力を抽出し、その主の身体を手に入れたのである。ふわふわと白い髪に独特の僧衣、そして開眼器で見開かれた左目には、翡翠の義眼を嵌めている。

ンナバドゥは水面に映った自分を見て、

『やや。姿かたちも美貌のものであったか。これは僥倖――』

「中身は蝿に変わりあるまい。」

『きゅはきゅは！　それでは、ラストさま』

愉快そうに笑い、うやうやしく主に一礼する。

『この蝿め、一計仕込んでまいります。ラストさまの手を下さずして、白時空のキノコ守りたちを間引きしてご覧に入れまする』

「うん。」

『ゆえ、それまで、くれぐれも……』

「うん。おとなしくしている。」

『吉報をお待ち下さい』

ンナバドゥは口の中で術式を唱え、伸びた爪で空間を引き裂くと、そのままズルリと亜空間へ滑り込んでいく。ラストはそれを他人事みたいに見送って、やれやれ、と、未だ嫌な感触の残る耳をぽんぽんと掌で叩いた。

（うぇ　うぇえ）

「おお。いかん。ようしよし……。」

またぐずりだすシュガーに慌てて、ラストは自分の中で揺蕩う無限の魂の中から、ひとつの子守歌を引っ張り出し、それを歌ってやった。

滅び切った静寂の世界に、少年の音階を絶妙に外した歌声だけが響く。そして赤星シュガーもその胆力からか、そんな調子はずれの子守歌で、すぐに眠ってしまった。

7

ち〜〜ん。

「先代大僧正どの」

大茶釜大僧正の遺影（豆大福の喰いすぎでぽっくり逝ってしまった）の前で、パウーは線香を上げて粛々と祈る。

「かつての万霊寺の放蕩娘も、今や日本を背負う最高知能。チロルはこうしてお世継ぎを立派にこなしております。ご安心なされませ」

「パウー！　やめてよ、気が散るっ！」

カタカタカタカタ……‼

「えぇーい、なんちゅう複雑なプログラム……‼」

チロルは線香の煙を手で払って、キーボードを叩き続ける。その格好は鉢巻に半纏、瓶底メガネといった具合で、さながら受験生の有様であった。

「どうやら錆神には、優秀なプログラマがついてるらしい。こっちも〈アカシャ・トリッパー〉をアップデートして、対抗しないと！　……でもこれほんとにあたしが作ったわけ⁉　くそう、おじいちゃんがあと半年生きてれば……‼」

黒時空チロルの智恵を統合して、今や世界に比類なき最高知能となったチロルだが、だからといって時空にアクセスするプログラムをそう易々と組めるものではない。

そんな苦労を労わってか、

「さあ、私は何をすればいいのだ？　何なりと言ってくれ、チロル！」

パウーはキーボードから手が離せないチロルの、額の冷感シートを張り替えてやる。机の上にはお茶と和菓子をあつらえたり、軽食におむすび（歯より硬い）をこしらえたりと、まるで甲斐甲斐しく娘を応援する母親の様相であった。

「そう長い事根をつめては、血行が悪くなるぞ。少し横になったらどうだ？　私がまた肩をもんでやろうではないか――」

「もういいって!!　あんたのはマッサージじゃなくて、関節技でしょ!!」

「えっ――」

「肩折れんだワ。いいから座っときな」

先ほど揉まれてひどい目にあったらしい。チロルがそう言って「しっしっ」と手を振ると、パウーは今にも泣きそうな顔で「ぎゅぐぐ！」と唇を噛んだ。

「私じゃ役に立たんというのかっ!!　亭主に尽くそうにも、二人いるからややこしいし。息子のソルトは、お義母さまが返してくれないしっ！　この私のっ！　燃え上がった奉仕意欲をどうしてくれるんだぁっ」

天下にその名とどろく、黒鉄旋風パウーの、まったく少女のような有様。

その筋力と不器用さからとかく恐れられがちだが、パウーの「誰かの役に立ちたい」と思う奉仕精神は人一倍であり、それゆえ自警団長も務まったのである。

この状況において家族友人の力になれぬことには忸怩たる思いがあるのであろう。チロルはメガネをずらして頭を掻き、やれやれ、と溜息をつくが……

「──いや、ある！　パウーにしか出来ないこと！」

「なにっっ⁉」

「ちょっと待ってて。このプログラムが終わったら、すぐに出番が来るから！」

＊＊＊

「はい力抜いて〜。しっかり組んで。いい？　まだだよ……」

「ビビッてるようだなレッド。いいんだぜ両手でやってもよォ」

「はッ‼　吠えヅラかけ、エノキめ。自分一人じゃ何もできねェッてこと、思い知らせてやるよォ」

「言ったか、コラ‼」

「言ったからどうなんだ、コラァッ」

「レディー・ゴー！」

ミロが手を離した瞬間、

ぶわっっ‼　と、凄まじい胞子の奔流が二人から噴き上がった！　二人の赤星はアームレスリングで決着をつけるべく、お互いの右腕に全力を込めて、

「「ぐぎぎぎぎぎぎぎ……‼」」

全身に血管を浮かび上がらせている。体格でいえばレッドが勝るのだが、一方のビスコも怪力では劣らず、腕は先ほどから一ミリたりとも動いていない。

しまいには、肘をついている大岩のほうが……

ばがんっっ‼　と音を立てて割れ、勢い余った二人の身体を交差させてブッ飛ばした。レッドは寺の池に飛び込み、ビスコが燈籠にぶち当たって粉々にするその背後で、ミロは黒板に冷静に結果を記入する。

「〈腕ずもう対決〉引き分け……はあ」

溜息をつくミロの目前には、延々と数限りない激戦の結果が記されている。

〈徒競走対決〉引き分け
〈潜水息止め対決〉引き分け
〈重量挙げ対決〉引き分け

〈漢字早書き対決〉両者0点
〈お料理対決〉クソマズ
〈チェス対決〉両者ルール理解不能のためノーコンテスト
〈川柳対決〉独特すぎ採点不可
〈ホラー映画我慢対決〉両者0秒

　ここまでやって白黒つかないのも不思議なほど、互角の勝負である。

「もうやめようよ二人とも。たぶん何やっても互角だよ。表と裏の同じ人物なんだから、決着のつきようがないんだ！」

「やるなオイッ！」

「てめえもな！」

　ぴょんっっ！　とすぐさま体勢を立て直した二人は、ミロの制止も聞かずに取っ組み合い、お互いのおでこを『ごんっっ』とぶつけあった。

「双子茸(ふたごだけ)のレッドとここまで張り合った奴(やつ)ははじめてだ。健闘に免じて弟子に取ってやってもいいぜ、エノキくんよォ～～」

「一勝でもしてからほざくんだな！　次はしめじ栽培対決だぞ、レッド！」

「ようし！　日本ごと埋め尽くしてやる！」

「こら〜〜!!　もうやめなさ——い！」

キャッキャと互いに暴れながら対決を繰り返す様は、ライバル同士というより、相性ぴったりのやんちゃな子供と言ったほうが正しい。

「ミロ！　真言弓を出してくれ。あたし、今度こそ勝つぞ！」

「ええええっ!?　で、でも——」

「オイッツ何してんだお前!?　人の相棒取るな！」

「ちょっとぐらい貸せよ！　男のくせにケチくさいやつ。ミロの扱い方をわかってるのは、宇宙一あたしなのだ！」

「ほざくな————っ！　俺だ！」

（助けてぇ！）

ただでさえ怪力の赤星ビスコに、二人がかりで左右に引っ張られて、ミロは言葉にならぬ悲鳴を上げた。このままでは、

（ちぎれちゃうよおお————っっ!?）

意識が朦朧としはじめた矢先、ぱっっ、と白ビスコの手が離れ、そのまま背後方向へスッ転んでゆく。

「あーっはは！　諦めたか……!?　おい、お前！」

「ビスコ！」

ビスコ自身、何が起こったのかわからないという風に、きょろきょろと周囲を眺めている。レッドの逞しい腕に助け起こされれば、何やら自分の身体がほのかな太陽色に点滅していることがわかる。

「???　握ってたのに、急にミロから手が離れちまった。おかしいな??」

「おい！　落ち着いて自分の手を見ろ。いいか、怖気づくなよ！」

「なんだそりゃ⁉　ビビらそうったって──」

ビスコはそう言って、ミロを摑んでいた右手を見やり……

「⁉　おわ───っっ⁉　な、無い‼」

手首の先から胞子となって散ってしまった、今はなき自分の右手を見て驚愕の叫びをあげた。まったく出血も痛みもない状態で、ただ右手だけが忽然と消えてしまったのである。

「ビスコ‼　そんな⁉」

「な、なんでだ⁉　俺の手が！」

「……こ、これは‼」

レッドはビスコの手首をまじまじと眺め、それまで楽し気に緩んでいた顔を一瞬で引き締めた。ビスコを襲った脅威に、自分を付け狙うンナバドゥの気配を感じ取ったのである。

そこへ、

「おぎゃあああ──っっ‼　大変だよ、あんたたち──っっ‼」

　飛び込んできたのは、瓶底めがねのまま走り寄ってくるチロルである。チロルは勢い余ってビスコの腹部につっかかって転び、ビスコの右腕に抱えられる。

「あぶねっっ！　……いや赤星ぃっ！　お前、その手ぇっ!!」

「チロル！」

　レッドが焦った声で迫る。

「きっとンナバドゥの仕業だ。何か、呪いの術法を受けてる！」

「ちょうどその原因を突き止めた。これを見て！」

　三人がチロルが操作するディスプレイを覗き込むと、コンピュータは二重螺旋構造になっている二つの時空を演算している。

　さながら、生命のＤＮＡにも酷似した構造……

　どうやらこれが、黒白の二つの時空を表しているらしい。

「黒い螺旋と、白い螺旋があるね？」

「そう。この白い螺旋があたしたちの白時空。黒が、レッドの時空」

「なるほど！」

「大事なのはここから。白い螺旋をよく見て！」

「「？・？・？」」

　頭から煙を噴く赤星二人を後目にミロが眼をこらせば、まるで蛇がからみつくようにして、白い螺旋を灰色の何かが締め上げている。

「なにかが……僕らの時空に、からみついてる⁉」

「そう。この蛇みたいなのが、〈虚構時空〉‼」

チロルはパチパチとキーボードを叩きながら、解説を続ける。

「ンナバドゥが作った、まがいものの時空だよ。虚構の世界を作り上げて、それであたしたちの歴史を『上書き』するつもりなんだ！」

「なるほど……」

相変わらずいまいちピンとこないビスコとは違い、ンナバドゥを知るレッドには凡そ敵の狙いがわかってきたらしい。

「ンナバドゥは、おまえたちをまとめて相手するのが怖いんだ。だから〈ビスコとミロが死んだ世界線〉を捏造して、現実のおまえたちを消し去るつもりだ」

「俺たちが、死んだ世界だとっっ⁉」

「それが〈虚構時空〉……！」

話のスケールの大きさに少年たちは眼を白黒させるが、とにかくその目論見を打破しないことには、自分たちの世界が改竄されてしまう！

「戦って死ぬならともかく、そんな理不尽な話があるか⁉」

「まあ一緒ならいいか……ねえ、どこから身辺整理する？」

「ちょっとは抗えっっ‼」

（まずい。こいつが消失したら、あたしに勝ち目はない！）

レッドの胸中に、わずかな後ろめたさと、暗い決意が湧き上がる。

（喰らわないと。こいつの、命があるうちに――）

「え――いっ、さわぐでない！」

慌てる一同の背中を叩く、チロルの決然とした声。少年たち、そして昏い思いに沈んでいたレッドは、ハッとそちらを振り向く。

「あんたら見てたら逆に落ち着いてきたわ。万霊寺を預かるこの大茶釜大僧正にぃッ、血路を開く叡智がないと思うてかっ」

「「はは――っっ」」

「〈虚構時空〉は、ひとつの魂の願いをもとに構成されている。いわばヌシとなる人物がいるはずなの。乗り込んでいって時空のヌシをやっつければ、まるごと崩壊するはず」

「乗り込むったって、おまえ、時空転移の術を使えるのか⁉」

「これを見よっっ‼」

言ってチロルがぱちりと指を鳴らせば、畳かと思っていた万霊寺の床の一部が『ゴゴゴ』と音を上げてせりあがり、何やら大仰な装置を出現させる。

「これぞ、真言補助装置『頭脳くん』なりっ」

その台座に置かれているのは頭部に装着するピンク色の重装アタッチメントであり、後頭部から無数のケーブルを、先代の仏壇へとつなげている。

「こいつを被（かぶ）れば、先祖代々の万霊寺（ばんりょうじ）の智恵（ちえ）が頭に流れ込んでくる。あたしでも〈アカシャ・トリッパー〉の術式をコントロールできるはず！」

「そ、そんなモンを、ほんの一瞬で作ったのかよ⁉」

素人目（しろうとめ）に見てもなんとも大がかりな機械構造に、チロルの発明には慣れているビスコも、流石（さすが）に驚いたらしい。

「悔しいが流石（さすが）に見直した。どうだレッド、うちのチロルも、すごいだろ！」

「すまん。ちっちゃいだけのカマボコだと思ってたぜ」

「カマボコは間違ってねえけどな」

「うるせえぞ赤ウニっっ‼　いいミロ⁉　あたしの〈アカシャ・トリッパー〉で転送できるのは三人が限界。あんただけが頼りだよ。赤星（あかぼし）二人をうまく操縦して、〈虚構時空（サブナー・アカシャ）〉のヌシをやっつけて！」

「ほ、本当に、チロルが〈アカシャ・トリッパー〉を⁉」

チロルに対し、唯一知能で交流できるミロが、心配から疑問をなげかける。

「だめだよ、真言（しんごん）は、強ければ強いほどその反動も大きいんだ。そんな強い術式を使ったら、チロルの身体（からだ）がもたない！」

「ああっ。パンダくんだけだよ、あたしの心配してくれるのは……」

チロルは身体をしならせてミロの胸に飛び込むと、すぐににやりと挑戦的な笑みをパンダ医師に向けた。

「しかし心配無用。このあたしが、そんな隙さらすと思うてか？」

「ええっ、でも――」

「準備ととのった。出ておいでっ、『万霊テツジン』！」


『――仏　覚　招　来』。

『――破　邪　顕　正』。

『万霊テツジン・出撃るッッ!!』

チロルの呼びかけに、答える凜々しい女の声が万霊寺中に鳴り響くと、万霊寺全体が『ゴゴゴ』と大きく振動しだした。振動はやがて寺の建築全体にヒビを入れ、屋根を突き破って、地下から何か巨大なものが立ち上がる！

「オワ――――!?　く、崩れる!?」

「逃げて、二人とも!!」

寺から転がるように外に逃げ出し、日差しを隠す何かを見上げた一同は……

　そこで揃って唖然と大口を開けた。忽然とそこに顕現したのは、万霊寺そのものを仏像のごとく変形させた『テツジン』だったのである！

「チロル、これはっ⁉」

「これこそ万霊寺の真の姿。さだめしその名を『万霊テツジン』っっ」

　背中の光輪から放たれる後光に目を細めつつ、チロルが言う。

「万霊テツジンは、搭乗者の瞑想力をエネルギーに変換する〈マントラ・エンジン〉を積んでるの。〈アカシャ・トリップ〉の燃料は、それで賄うっ」

「搭乗者ってお前、一体だれが――」

『パイロットは私だ』

「「ぱ、パウ――っっ」」

　エコーをかけて響き渡るパウーの声に、少年たちが髪を逆立てて慄いた。

　万霊テツジンの巨大な八本腕が法印をむすぶと、そのたびに後光がまばゆく輝くので、四人は眼を閉じて地に伏しているのが精一杯だ。

『愛弟、そして亭主殿のためならこの猫柳パウー、いかなるお役目も受けて立とう。見よ、この〈マントラ・エンジン〉に満ちる、私の献身の力を！』

　テツジンのコクピットの中では、座禅を組み印を結んだパウーが神々しい光の中に浮かび、長い黒髪をゆらゆらと宙に躍らせている。極度の集中のために額や首筋には汗が浮かび、閉じた眼から伸びる長い睫毛がわずかに揺れている。

『うむむ。もう一息で、エネルギーが充填しきるのだが……！』

「ば、バカヤロー！　無茶するなパウー。降りろ、そんな――」

「ありがとな。愛してるぜ、パウー！」

必死に妻を止めようとするビスコの首根っこを、後ろからレッドが掴む。そしてその慌てた表情を見下ろすと、余裕たっぷりに叫んだ。

「その愛情、確かに受け取った。おまえのために、必ず勝って帰る！」

『はいっっ……旦那さま……』

「な……ななな‼」

囁かれる愛のことばに感じ入るパウーの気配と、自分より筋骨たくましいレッドの姿を見比べて、ビスコは今までにない恐怖に真っ赤になって猛りくるった。

「やめろやめろっ！　パウーの旦那は、赤星ビスコただ一人なんだっ‼」

「あたしに違いないが？」

「ちが――うっ、俺じゃなきゃだめなんだ！　俺の方が、」

まるで親を取られまいとする幼子のように、叫ぶ！

「パウーを愛してるんだ――っっおおお――っっ‼」

『はうっっ⁉　――――――――っっ‼』

ビスコのその、剥き出しの魂の叫びにあてられて、瞑想に閉じていたパウーの両目がカッと見開かれる。そして、98%で停滞していたマントラ・エネルギーが、１００%を超えて２００%、５００%と、凄まじい勢いで上昇してゆく！

『き……来たぞ！　良妻エネルギー、１０８０%充填完了!!』

「マントラエネルギーな」チロルは目の前の茶番を半目で見届けながら、万霊テツジンの掌の上へひらりと飛び乗った。「パウーを乗せときゃ、こんな具合にいくと思ったんだよね。あたしの眼に狂いはなかったってわけ」

『チロル！　私に愛が漲るうちに、〈アカシャ・トリッパー〉を！』

「おっけー！」

チロルが術式の印を結べば、万霊テツジンの後光から噴き出したマントラ・エネルギーが、中空に照射されてゆき――

『ぐわっっ』と空間を抉るようにして、青空にブラックホールのようなトンネルを開けた。

「よし。亜空間トンネル、開通確認！」

空を丸く切り取って、そこだけ夜にしたような眺めだ。亜空間の内部にはいくつも流星がまたたき、さながら筒状の宇宙といった様相である。

「へえぇ。あの穴が、別の時空に通じてるのか……」

ミロは学術的興味からそれに一瞬感心しかけ、慌てて首を振った。

「って、もう行くの⁉　僕たち、何の準備もしてないけど⁉」

『向かう先がいかなる場所だろうが、結局は虚構のものなのだろう？』

座禅を組み浮遊するパウーが、コクピットから告げる。

『心配はない。まことを生きてきたおまえたちの、敵ではない！』

「いくよ、パウー！」

チロルがその手に法印を結べば、万霊テツジンの巨大な八本腕がそれに追随する！

『一　路　順　風　、　』

「『ランチ・アカシャ・トリッパ――――ッッ‼』」

少女二人が息を合わせて術式を唱えると、ビスコとミロの身体はにわかに暖かな光に包み込まれ、ロケットのごとく中空へ浮き上がる！

「「うわああっっ⁉」」

「はぐれるな、おまえたち！」

時空転移の先輩であるレッドが、少年たちへ声を飛ばす。三人の身体は亜空間のトンネルへ吸い込まれ、無事、別時空へ向かう軌道に乗ったようだ。

流星の飛び交う筒状の宇宙の中で、三人はお互いを抱き締め合ってなんとか身体をつないだ。

「な、なんだ、ここは⁉」

「時空同士をつなぐ亜空間のトンネルだ。おいミロ、しっかり掴まれ！」

「レッド！　ミロの奴、失神してるぞっ!!」

レッドとビスコはその強靭な肉体で意識をつなぎとめたが、もともと時空転移のショックは人体が耐えられるものではないのだ。

ビスコとレッドはお互いの身体でミロを挟み込むようにして、なんとかはぐれないようにと必死にお互いの身体をつなぎとめる。

「おいっ！　一人失神してても、転移は成功するのか!?」

「知るかあたしが。黙って集中しろ!!」

「聞いてくれ、レッド。この旅は、今までの冒険とは違う。血の中のキノコが囁くんだ。これが、最後の旅かもしれないって」

ビスコの真剣な声に、レッドは口を結んだ。

キノコの声はあるいは、ただしい未来を示しているのだ。たとえこの旅が勝利に終わったとしても、二人の赤星ビスコが生きて帰ることは、ない。

「だから、レッド！　お前に頼みがある」

「それを聞く義理はねえな！」

「いいや！　言わせてもらうぜ。万が一……万が一に俺たちが力及ばずに、道半ばで息絶えそうになったときは、」

「…………。」

ビスコは少し間を置いて、

「その『吸魂の法』で、俺を喰え！」

「──なにっ⁉」

自らを指し、決然と叫んだ。

レッドは眼を見開いて、翡翠の瞳を見つめ返す。もとより喰らうつもりであったビスコの魂を、自ら差し出されたのだから、驚くのも無理はない。

「……おい。自分が何を言ってるか、わかってんのか⁉」

「言いたかねえがお前の実力は本物だ。その身体に俺の魂が加われば、倒せないやつはいねえ！　必ず、シュガーもソルトも……いや、みんなの世界を守れるッ」

つまりビスコは、全員が息絶えるぐらいなら、半身であるレッドに己の魂を預けると言っているのだ。

自分の死より、その先の未来を案じる……。

この言葉が、少年ビスコが『父』となったことの証左であった。

「……おまえ。」

「ただし、いいか、その代わり……‼」

「皆まで言うな、野暮ったい」

言い募ろうとするビスコの言葉を、今度はレッドが食い止めた。その表情は驚きから徐々に微笑みへと変わり、犬歯を楽しげにのぞかせている。

「自分の考えてることぐらいわかる。おまえを喰うかわりに、家族を護れってんだろ」

「約束するんだな⁉」

真正面からぶつかってくる自分自身の瞳の輝きを、レッドはしばらく受け止めていた。そしてやおら犬歯を剝き出して笑い、

「上等だぜ、『ビスコ』！」

「！　おわぁっ」

その首に太い腕を回して、自分へと抱き寄せた。

「約束する！　おまえを腹におさめた暁には、家族まとめて面倒みてやるぜ。どこの刺青になりてえか、今から考えときな！　舌が空いてるぞ、ホラ」

「やだよベロなんか。どーせロクなもん食ってねーんだろ……」

がぶっっ！

「ぎょわぁーっ⁉」

「お察しの通りだ。あ――っはっはっはっ！」

人喰い赤星に至近距離で鼻の頭を咬まれて、ビスコが悲鳴を上げる。悶絶するビスコと、失神したミロを抱えながら、レッドはひとり呟く。

「──おもしれえ。」

「こいつも『赤星ビスコ』には、」

「違いねえってことか!!」

その表情から、焦りは消えていた。

レッドは生気みなぎる顔に勇ましい笑みを浮かべ、全身の刺青に力を込めると、

〈どぎゅんっ!!〉

と一筋の光線となり、そのまま亜空間のトンネルを貫き越えていった。

8

雷鳴。

いなびかりが青白く尾を引き、おどろおどろしく信仰の街を照らす。冷たく硬い雨が、立ち並ぶ高い塔を殴りつけるように降り続いている。

嵐の夜にもかかわらず、不気味なほどの静けさ——

さながら街全体が、神の怒りの前にひれ伏し、許しを請(こ)うているようである。

〈出雲(いずも)百八塔〉。

神敵あかぼしを破り、もはやその超仙力の前に遮るものなしとなった摩(ま)鋳天(しょうてん)は、その信仰の力もて瞬(また)く間(ま)に日本を制圧した。

いまや首都となったここ出雲(いずも)では、百八の宗派がお互いにしのぎを削って、唯一神たる摩(ま)鋳天(しょうてん)に、信徒の生命力を献上しておる、と……

(そういう筋書きで、この〈虚構時空(サブナー・アカシャ)〉を作り上げたわけか)

呟(つぶや)いたのは、百八塔が序列二位、纏火(てんか)党(とう)・キュルモンである。窓際(まどぎわ)に寄りかかったそのするどい美貌を、雷光がびかりと照らす。

(気に入らん。捏造(ねつぞう)された世界の中でも、妾(わらわ)はしがない一教祖のままか！)

「キュルモン様。摩錆天さまに献上する、祈りが溜まりましてございます」

キュルモンの心中を知らず、側近の尼僧が声をかける。その手には、シリンダ中に納められた何らかの臓腑……

すなわち〈経典〉が抱かれ、真言の充塡を示すように輝いている。

尼僧の背後では、信徒たちが一心不乱に「おん、あすぱる、しゃだ、かるな」の経を唱え、その命を次の〈経典〉に捧げている。

「〈経典〉六本分の祈りを回収。今期のノルマ分を達成です。これで纏火党も、また摩錆天さまのご寵愛を授かれますわ」

「ふん」

キュルモンの顔が歪む。

（なにが摩錆天だ！　馬鹿馬鹿しい。全てを支配するはずの唯一神の座は、結局は錆神の奴隷に過ぎなかったというわけだ）

「キュルモン様……？」

「どこかお具合が？」

「真実に遠い愚物は気楽でよいわ。もういい！　下がれ――」

忌々しそうに尼僧たちを撥ねのける、そこへ、
どかん、どかん、どかんっっ‼

窓から凄まじい轟音が鳴り響き、振動で火塔全体を揺るがした。信者たちが悲鳴を上げて転がる中、尼僧たちが身を挺してキュルモンを守る。

「「キュルモン様！」」

「なにごとか……⁉」

キュルモンが得意武器の阿修羅三面を閃かせ、己が身を護る。ふと窓の外を見れば、何か流星のような閃光が高い塔にぶつかり、貫通して、へし折るように薙ぎ倒す様が目に入った。

眼を見張るキュルモンたちの前で、二塔、三塔……

まるで横薙ぎの天雷のようなそれは、狙いすましたように信仰の塔へぶち当たり、次々に倒壊させてゆく。

「隕石ですわ。塔が貫かれてゆく！」

「ご覧ください、水塔までもが⁉」

透明な硝子でできた水塔に流星は突撃し、ぱりいん！　とおもちゃのように叩き折って、清水を滝のようにあふれ出させる。

（まさか……⁉）

まったく勢い衰えず輝くオレンジ色に、キュルモンは乾いた唇を爪で掻く。

（隕石ではない！　あれは亜空間を越えてきた摩擦で発火しているのだ。何かが時空の壁を越えて、この〈虚構時空〉に乗り込んできたというのか⁉）

「あの様子では、水皇殿ヒルマレオは斃れたでしょうか？　これはいい気味。キュルモン様、これで政敵がまた一人……」

「愚物め、そこをどけ！」

慌てて頭を垂れる尼僧たち。キュルモンがぱちりと指を鳴らせば、真紅の外套がしゅばりとはためき、主の身体に纏われる。纏火党僧正は虚構の日常に差し込んだ逆転の予感に、野望のほむらで瞳をめらめらと輝かせる。

「あれなる隕石は万年に一度の凶兆。摩錆天様をお守りしにゆく」

「キュルモン様おん自ら⁉」

「我らにご用命くだされば――」

「要らぬ口をはさむな。引き続き信者から祈りを集めておれ」

ははっ、と傅く尼僧たちを背後に、キュルモンは颯爽と窓から火塔を飛び出してゆく。その真っ赤な紅にピアスを嵌めた口元は、挑むような笑みに歪められ、阿修羅三面も主の野望を映してきらめく。

（好機！）

（単なるまぼろしのまま終わる妾ではないぞ。）

（混乱に乗じて、今一度白時空に舞い戻ってくれる！）

＊＊＊

出雲百八塔が中心〈鋳塔〉。

オレンジ色の流星はどうやらそこの低階層に着弾したらしい。慌てふためく信徒の声、危機を知らせるサイレンの音が周囲に鳴り響いている。

（はっ‼）

どくん！　と自らの心臓の脈動を感じ、レッドは息を吹き返した。

鼓動が停止していたらしい。

自らが流星となって、時空の壁を破る際の衝撃は凄まじい。しかし過去に一度経験があることもあってか、身体が痛むだけで大きな怪我はないようだ。

（転移はうまくいったみたいだ。何かに、圧し掛かられてるみたいだけど）

何か建造物に衝突した感触はあった。自分の上には何かが圧し掛かっていて、どうやら瓦礫の下敷きにでもなっているらしい。

（よし。ひとまず、これを退けて……。……あれっ⁉）

手に触れるのは、すべらかな肌の感触。

そして、徐々に鮮明になってくる、自分の唇の感覚。レッドはそこで瞑っていた自分の眼を

見開き、

（えっ。えっ。えっ、えええええ⁉）

眼前の光景に、全身の血を沸騰させた‼

（ミロ⁉⁉）

自分に圧し掛かっているのは瓦礫ではない、猫柳ミロその人である。そしてあろうことか、
ミロは自分の唇に深々と口づけ、

（こ、）

（これ、あたし、キス、）

（キスされてるっっっっ⁉⁉）

少女の純真を蹂躙しているのだ！

「むぐもごむご――――っっっ⁉」

「ぷはっ！　レッド、気が付い――」

「スケコマシぃぃぃ――――ッッ‼」

どがんっっ‼

「んぎゃぼっっっ⁉⁉」

レッドの激情を乗せた爆弾ラリアットがミロの柔首に炸裂すると、美貌の少年医師の身体は空中を7回転半して地面に激突する！

その一方でレッドは、あれだけ勇壮だった女戦士の気風はどこへやら、

「ウワ――――――――ン‼」

両目から大粒の涙をこぼして泣きじゃくっている。その有様だけ見れば、単なる純真無垢な女の子そのものだ。

「ひっく。ひっく。あたし、キスされたあ。ひどいよ。あの世でパウーに、どう言い訳すればいいんだよう！」

「ち、違うよ、レッド！　ごぼっ、」

「いまお腹蹴った。二人目産まれる！」

「産まれるかっっ‼　落ち着いてってば‼」

ミロは鼻血を噴き散らしながら、地面からなんとか起き上がる。

「きみは転移のショックで呼吸が止まってたんだ。いまのは人工呼吸‼　パンダ先生による、医師免許つきの施術ですので、浮気じゃありません！」

「じ、じんこう、こきゅう……⁇」

「パウーだって怒らないから。ほら、深呼吸して」

流石にここまで取り乱して暴れるとはミロも予想外だったが、なるほどレッドのこの少女性というのは、ビスコの持つ少年性と対になるものであるのだろう。

　落ち着きを取り戻すにつれて、レッドは先の自分の振る舞いをひどく恥ずかしく思ったらしく、ぶすりと強面を作っても顔を真っ赤に染めたままだ。

「つ、つまり。今のは貞操観念的には、ノーカンてことだよな……」

「もちろんだよ！　救命行為ですから」

「そ、それなら、いいけどさ……」

　レッドは外套に口元を埋めながらうつむき、うらめしげな上目でミロを見やる。悪びれるどころか、初々しい自分をニコニコ慈しむようなミロの表情に気付くと、レッドは「うむむ！」と憤懣の唸り声を漏らす。

（ふ、不覚を見せちまった。あ、あたしとしたことが！）

　しかしここでまた暴力に出ては、格が下だと認めるようなもの。

　そこで、

「──ふ、ふふん！　それにしても。女性経験豊富だとか言って、白時空のミロは大したことねえな！」

　レッドは〈赤星お姉さま〉の威厳を以ってミロを威圧すべく、赤い顔のまま腕を組んで、なんとか余裕ぶった表情を作ってみせる。

「まさかあれで本気とは言わねえよな⁉　あんなお粗末なテクニックじゃ、生娘ひとり籠絡(ろうらく)できないぜ——」

「じゃあ、」

ぐい、と、

余裕ぶったレッドの眼前に、ミロが肉薄する。

「本気でする？」

「えっ」

冗談にならない距離だ。

ミロの丸く大きな眼(め)は、この時ばかりは、すっと薄く細められ——肉食獣を一撃で仕留める狩人(かりゅうど)のように、大きく力で勝るレッドをオーラで押さえつけている。

「怖いの？　仕掛けてきたの、そっちだよ」

「あ、あのあのあの！　ミロ、冗談、ちょ待っ」

「だめ。逃がさない。良(い)い機会なので、思い知らせる」

「はっ、は、はわ、はわわわわ……‼」

宇宙の双子茸(ふたごだけ)、日本最強の女・赤星(あかぼし)ビスコが、この場においてはまさに追い詰められたネズミのごとく、言葉のひとつも発することができない。

（ミ、ミロって、）

（男になったら、こんななの⁉）

（う、うそ、うそでしょ、あたし、あたし……‼）

半ば諦めたようにレッドが眼を閉じる、その次の瞬間、

《お～～～いっ。おまえら、ぶじか～～。》

「！　ビスコ！」

ばっ、と身体を起こして、ミロが呼ぶ声に向き直った。

「ビスコの声だよ、レッド！　ビスコー！　僕ら無事だよ――っ‼」

ミロはその小さな声が相棒のものとすぐわかったらしい。相棒を呼びながら周囲を見まわすミロの一方、すでに覚悟を決めていたレッドは突然すっぽかされて、わけもわからずぽかんと口を開けている。

「あ、あれ……⁇　これでおわり⁇」

「駄目でしょレッド。ブルーがいない間は、自力で貞操を護らないと」

呆けたレッドに、ミロがびしりと釘をさす。

「あのままいったらキスされてたじゃん。貞操観念的には0点だよ！」

「お……おまえ、嘘だろ、あたしをからかってっっ⁉」

「これはブルーちゃんの苦労がしのばれるなあ。たしかに、僕もビスコをガードするのに苦労するんだよね！　いい？　レッドには悪い男がたくさん寄ってくるんだから、ちゃんとＮＯって言えるようにならないと」

おまえが一番悪い男だぁっっっ‼　と口に出せずにいる間に、ミロは「ほら、行こう！」とレッドの腕を取って、強引にビスコの声を追いかけてゆく。

（ななな、なんてやつだっっ‼）

まだ顔の赤いレッドは、純心をからかわれたことにひどく立腹したものの、

（あたしをこうまでからかっていいのは、ミロだけなんだぞっっ‼　………いやまて、ミロはミロで間違いないのか……）

釈然としない思いを抱えたまま、それでもなんだかしおらしく、ミロの後を追って駆けてゆくのであった。

＊＊＊

一同が落下してきたのはどうやら巨大な塔の一階層であり、周囲の窓からは、夜の雨に濡れる出雲の街並みが見て取れる。

ミロが知る出雲六塔の佇まいではあるが、眼前のそれは規模がはるかに大きく、見渡す限り

が信仰の街という有様だ。

「ここは、〈摩錆天言宗が支配する日本〉らしいな」

「うん。僕とビスコを消滅させるために、そういう世界線を作ったんだね。てことはここは、僕とビスコがケルシンハに敗けちゃった世界……」

「情けねえなあ。敗けるなよ、あんな奴に！」

「いや敗けてないしっっ！　ここは、もしもそうだったら？　ていう——」

《お——い。》

　小さな声。

「ビスコ！　どこにいるの⁉」

　ミロは周囲を見渡す。二人がいるのは天井の高い大きなモスクのような場所で、声はすれどもどこにもビスコの姿はない。

《ここだよ。》

「いや、どこよっ⁉」

「かくれんぼやってんじゃねえんだ！　遊んでないで出てこいっ」

《ばかやろー！　居るだろここに。目の前に！》

「ええっ⁉」

　二人が怪訝そうな顔でお互いを見つめ、おそるおそる、講壇の上を見やると……

そこには。

手のひらサイズの可愛らしいキノコが、二つのぎょろりとした目を備え、憮然とした表情で踏ん反りかえっているのだ。

ちんまりとした両手両足には、ブーツと手袋をそなえ、着込んだ外套に弓も背負っている。キノコなのに一丁前のキノコ守りの恰好なのであった。

「なんだこりゃ⁉」

レッドがぎょっと眼を真ん丸にし、全身に鳥肌をたてる。

「妖怪だ。キノコの座敷童だっっ」

《ばか。おれだっ！》

「び、ビスコが鬼ノ子に⁉」

ミロも思わず声が大きくなる。小さいものの眼前に目をつきあわせてじろじろ見まわすが、たしかに相棒の立場からも、この小さなものがビスコだという確信ができてしまう。

「何がどうなって、そんなにちっちゃくなっちゃったの⁉」

《転移のときに、失神したおめーをかばって、ふたりぶんのショックをうけたのだ。そしたらからだがセーフモードに入ったらしいっ。》

ビスコはなんだか憤然と答える。声は一杯に張っているらしいのだが、もともとが小さいのでかなり控えめな音量になってしまっている。

《まあそのうちなおるだろ。さあ、三人そろったところで、しゅっぱつだぜ！》

（三人て。おまえもカウントするのかあ？）

（かっ、カワイイ……）

《なんだそのめは。ちいさいキノコのすがたでも、おれが赤星ビスコなことには変わりねぇんだぜっ。みろっ。》

キノコが《むん。》と胸を張り、筋肉を誇示するポーズを取れば、まるでカートゥーンアニメのキャラクターのように、二の腕が《ポコ》と盛り上がる。

その様を凝視していたミロはとうとう限界を迎え、

「かわいい～～～っっ‼」

《んわアッ。》

ポーズ中のビスコを指でつまみ上げてしまう。ビスコは抗議の意志もむなしく、足先から宙ぶらりんにされた格好で、ミロの眼前にぶら下げられてしまった。

《なにすんだ～！》

「可愛すぎる！　こんなの愛でずにいられないよ！　はい、こちょこちょ……」

《ぎゃははははは！》

ミロにしてみれば愛でているだけなのだが、ビスコにしてみれば冗談にならない。胞子の力が命の危機に閃(ひらめ)き、キノコの双眼から放出される。

《ええ——いっ。胞子力ビ————ムッッ!!》

びぃ————っ!! とキノコ・アイから翡翠(ひすい)の光線が奔(はし)り、自分を愛(め)で続けるミロの鼻(はな)っ面(つら)にぶち当たった。「んギャッ!?」と仰(の)け反(ぞ)ったミロの一瞬の隙をついてビスコは脱出し、レッドの髪の中、猫目(ねこめ)ゴーグルの裏へと滑り込む。

「おわっ!?」

《おじゃましまーす。》

「おいっ! 女の髪の中に隠れるなんて、デリカシー無いぞ!」

《自分の身は自分でまもるのがスジだろっ。》ビスコは焦(じ)れたように言い放つ。《あそんでるひまはねえ。さっさとこの時空をこわすぞ!》

「ええっっ。もうちょっと遊ばせてよ!!」

《きんちょうかんをもちやがれ————っっ!!》

わちゃわちゃとはしゃぎまくる少年たちに完全に辟易(へきえき)して、レッドがげんなりと表情を弛緩(しかん)させる、

そこへ!

「おん、しゃだ、りびとれろ、すなうっっっ!!」

「!!」

三人の足元から砂金の渦が舞い上がり、金色の竜巻となって一同を粉砕しようとした！　レッドは素早くミロを抱きかかえ、持ち前のパワーで竜巻を突き破り、砂金に塗れながら礼拝堂の中を転がった。

「これは、創金術！」

「ば～ははは！　見ろキュルモン。摩錆天様の、啓示のあった通りぞ！」

「仕留め損ねておいてほざくな、愚図め。お前に任せた妥が愚かであった」

レッドとミロが振り向けば、そこには全身に豪華絢爛な装飾を纏う肥満体の男。その背後に、ひらりと真紅の外套を纏う、美貌の女教祖の姿がある。

「金象信コプロ。それに纏火党キュルモン!!」

《だれだっけ？》

ミロの言葉に首をひねるビスコだが、それと相対するコプロの眼は欲望にぎらつき、さながら獲物を前にした猪豚のような有様である。

「悪鬼あかぼし、そして使い魔猫柳！　こやつらを始末すれば、この虚構時空は白時空を塗りつぶし、晴れて現実となるとか。キュルモン、啓示に間違いはないな⁉」

「疑心すなわち瀆神なり。口より手を動かせ、ブタめが」

「ばふ、ばふ、ばふ！　このわし自ら動くとは久しぶりのことだが、我が身が現実となるなら安いもの。この金象信コプロ、摩錆天様の御前にそっ首捧ぐものなりィ」

《こいつら、自分が虚構のものとしっているらしいぞ。》

「だったら本物のあたしたちに、大人しく道を開けな、ブタ野郎」

レッドの凜とした声が、周囲の砂金を蹴散らして響く。

「てめえごとき現実になったところで、嘘まみれの人生は変わらねえからな！」

「くはは！　言われたぞ、コプロ！」

レッドの痛快な物言いに、思わず笑いを漏らすキュルモンの一方、

「ば、ばふ、ばふううう……‼」

コプロは表情に青筋を浮かべ、怒りをあらわにする。コプロがいいように挑発に乗っては分が悪いと思ったか、キュルモンが「まあまあ待て……」とその禿頭を撫でてやる。

「あの不遜な女、誰かと思えば黒時空のあかぼしではないか。よく見ろ。おまえ好みの、みごとな肉体ではないか？」

「ばふう？」

言われてみれば……

ぱっと見ただけではその筋肉の力強さに気を取られがちだが、金象信コプロは金に任せて遊び惚けてきた、目の肥えた道楽者。レッドの持つ美しさにも気付いたようである。

「あやつを殺せとは啓示になかった。どうだ？　無事に悪鬼ども滅せし上は、あれをお前のものとしてもよいぞ」

「あれを、わしにくれるのかっ！」

ばふばふばふ！　と下劣な笑いと表情を浮かべ、コプロがレッドににじり寄った。レッドも持ち前の負けん気でずいと前に出てゆく。

「ば～ははっ！　よろこべ。お前は側女にして、生かしてやるぞっ！」

「下衆が、コラ――」

頭に血が上ったレッドが、吠え掛かる直前、

ずばんっっ！　と閃光の矢が、高慢に笑うコプロの喉笛を貫いていた！　コプロは何が起こったのかもわからぬままに白目を剝き、

「ぎょばああ――っっ⁉」

矢の勢いをそのままに、モスクの窓を突き破ってゆく。

「ビ、ビスコ相手に、その低俗な発言……」

ミロの瞬速の弓が、有無を言わせぬ冷酷さでコプロを撃ち抜いたのだ。その凄まじい反射能力！　ビスコの烈火を上回る、瞬間氷結のスピードだ。

「後悔した？　いや、そのヒマもないか……」

怒ろうとしていたレッドは口を啞然と開けて、ミロのそのあまりに凄まじい殺気に慄いている。ミロはその視線に向き直って。

「大丈夫だよ。あいつもう喋れないから！」

にこり！

（こわいだろ。）

（うん。うちのミロより怖い……）

「あ――っはっはっはっ！　いかにも豚らしいやられっぷりよ」

しかし一方、キュルモンは同胞を撃ち抜かれたにもかかわらず、大きな高笑いを決めて一同を驚かせた。見れば窓から落ちていったはずのコプロの身体は、キュルモンの阿修羅面に中空で支えられているのである。

「ば、ばふ、ばふ、ばひゅうう〜っ。助けろ、キュルモン！」

喉首をおさえて呻くコプロの前に、キュルモンもふわりと浮かぶ。

「もとよりこれが貴様の役目。手間が省けた」

「ばひゅうう？」

「何だと。あの女、何のつもりだ？」

《おい、あれをみろ！》

「おん、しゃんだりば、りびとれろ、すなう……!!」

キュルモンが真言を結ぶと、なんとコプロの身体中から、血のかわりにおびただしい砂金があふれ出し、中空から流れる黄金の滝と化した。

「あばばああ――――っっ」

その異様な仲間割れの様子に、わずかに怯むレッド。

「なんだありゃ、金の滝が!!」

《ああいうのをイリュージョンてゆって、白時空じゃジョーシキなのだ。どーせおまえ、田舎もんだから見たことないんだろ。》

「あるもん!!」

「違——うっっ!!　見て二人とも、塔の下から信者が!!」

なんと、その黄金の滝の魔力に導かれるようにして——

「キンだ」「カネだ」「おかねだあ」

出雲百八塔に集いし夥しい信徒たちが、次々とそこへ群がり、身体と身体をつなぎあって積み重なってくるのである！　その勢いたるやすさまじく、盛り上がってくる人の波に、コプロ本人もすぐに呑み込まれてしまう。

《「こ、これはっっ……!!」》

「あーっはっはっ！」

組み上がったのは——

無数に絡まり合った人間、その集合体であった！

なんとおぞましい見た目であることか。何千人もの信者たちが、お互いの身体にしがみつき合い、一つの巨大な肉の神像を形成しているのだ。

「これぞ出雲が信心の結晶、巨大肉世音菩薩なりっっ」

「「にくぜおんぼさつっっ⁉」」

「神敵討てい！」

《あぶねえ、よけろ、レッド‼》

ぶおんっっ‼

肉世音の巨大な拳が夜空を裂いて襲い来る。どがあんっっ！　と礼拝堂ごと打ち砕くその一撃を背後に、キノコ守りたちはすでに夜空へ跳んでいる。

『きゃ　ば　ば　ば　あ　』

振り回した腕から何人か信者がこぼれて、虚空に落ちてゆく。レッドは別の塔の頂上に着地しながら、夜が照らす肉世音を見て舌打ちをした。

「レッド、作戦を練ろう！」

「必要ねえよ……！」

レッドはすでに背中から弓を抜き、矢筒から矢を引き絞っている。その身体に刻まれた刺青は戦いの予感に脈打ち、焦げ付くような熱を放っている。

「積み上げた人間の数なら、あたし一人の方が上なんだ。完膚なきまでにブッ飛ばしてやる！」

《おい、よせ。ミロのゆうこと聞け！》

「おらァッ‼」

ずばんっ、

ぼぐんっっ‼

レッドの放った赤ヒラタケの矢が、肉世音（にくぜおん）の太もも、胸、腕と矢継ぎ早に突き刺さり、巨大なキノコを咲かせる。

（す、すごい！）

その威力は普通のヒラタケでありながら錆喰（さびく）いを凌駕（りょうが）するほどで、レッドの持つキノコの技、そして尋常ならぬパワーを改めてミロに感じさせた。信者たちは悲鳴も上げずに飛び散って、肉世音（にくぜおん）の動きは一旦、止まったように見える。

しかし、

「無駄だ無駄だ。この出雲（いずも）に、金に飢えた俗物なぞいくらでもいるのだ！」

キュルモンが肉像の上でふたたび創金術（そうきんじゅつ）を奮えば、言葉どおり新たに百・二百の信徒が現れ、傷口を塞いでしまうのだ。

「ちぃッ……」

「やっぱり作戦がいるよ、レッド！　あいつにいくらキノコを咲かせても、街から信徒を補充されちゃう！」

「だったら人っ子一人いなくなるまで、撃ち抜けばいい」

「この街の人を、皆殺しにする気なの⁉」

「そうだ。それがなんだッ！」

振り向いて流れる髪、飛び散る汗。レッドの瞳が、ミロのそれとかちあってひと時、その星の光をぶつけあった。

「いつだって殺すか殺されるかなんだ。奪うか、さもなければ奪われる！　そういう世界であたしはみんなを護ってきた。黙って協力しろ、ミロ！」

「レッド……！」

「信徒ども。鞭となって打ち付けよ‼」

「くそっ‼」

キュルモンの声が響けば、肉世音の人差し指に信徒が群がり、それは連結した人間の鞭となってキノコ守りたちに打ち付けられる。躊躇いのない恐るべき威力が、逃げるレッドを追って塔をひとつ、ふたつと薙ぎ倒してゆく。

（そうか……。レッドは修羅のまま生きてきたビスコなんだ。全てを自分で背負いこんでる。何かを護るためには、何かを殺すしかないって！）

《ミロっ！》

困り果てたミロのおでこに、ぺいっ！　と跳び込んできたのは、キノコの姿になったビスコである。《おっとぉ》とミロの前髪を掴んで、落下を阻止する。

《なにしとんだおめ〜。いつもの作戦はどうした⁉》

「作戦はあるよ、ビスコ！　でもどうしよう。レッドはあの調子で、僕の言うこと聞いてくれないんだ！」

《そりゃおまえが、まだ相棒じゃないからだろ。》

「どういうこと⁉」

《名前でよんでやれっ‼》

　ビスコはミロの頭皮をぺちぺちと叩きながら、おのれの分身であるレッドの取り扱いについて、講釈を垂れ始めた。

《どんなに力を持ってても、レッドと呼ばれる限り、あいつは一人だ。いまは相棒になってやれ。おまえがミロになって、あいつの名前を呼ぶんだ！》

「——うん、わかった！」

　ミロはビスコの真意を一瞬で理解し、その言葉に頷いて……

「——でもちょっと待って。それって、浮気にならないよね？」

《はあ？》

「ビスコはいいわけ？　僕が、一瞬とはいえ、別の人の相棒に——」

《なにいってんだこいつ。はやくしろ〜‼》

「しつこく再生しやがる……‼　なら、こいつで決めてやるっ‼」

一方のレッドは、肉世音の再生力に焦れたのか、矢筒から必殺の銀酸なめこ矢を引き抜く。

出雲の街全体を壊滅させることも厭わない、強力な毒矢だ。

「死ねええええ――っっ……」

「待って、〈ビスコ〉!!」

「!!」

自分を呼ばれたのだと――

はっきりレッドにはわかった。それは自らを慈愛と信頼を以って呼ぶ、ミロの声に他ならなかったからである。

「ミ、ミロ……!?」

不思議と手が止まる。その声の中に、確かに〈ブルー〉の存在を感じたのだ。

ミロの智恵を信じる。そうすればうまくいく。

そのいつもの確信が、ゆっくり身体の内に蘇ってくる。

「ビスコ!!　僕の作戦に任せて！」

「おま、急に、名前で……！」

「いまだけ僕をブルーと思って。ミロの言うこと、信じられないの？」

レッドの、
いや、ビスコの表情が、怒りから静謐のそれに変わってゆく。焦り気味だった表情から汗が引いてゆき、背中に感じる相棒の温度で、不安が解けてゆくのを感じる。

（な、なんて、チョロいんだ、あたし！）

　そして力がみなぎるにつれて、わずかな悔しさも顔をのぞかせる。

（な、名前いっぱつ呼ばれただけで……くそうっ！）

「ええいっ。何をもたついておる。はよう神敵を討てい‼」

　様子の変わったレッドに危機感を覚え、キュルモンが肉世音の鞭を振り下ろさせる。そこに、

「〈障壁〉っ‼」と真言で跳ね返したミロが、レッドに駆け寄って囁いた。

「言うこと聞いてくれた！　ねえ、ブルーと比べて、僕はどう？」

「へ、変な感じ……やめろ、あたしで遊ぶなっ！」

「地蔵ダケを使うよ。ビスコ、矢はある⁉」

「地蔵ダケぇ⁉」どんな作戦かと神妙に聞いていたレッドが、素っ頓狂な声を上げる。「地蔵ダケなんて撃ってどうすんの⁉　あんな、ジャビの気まぐれキノコ……地蔵の形しただけのモンを⁉」

「いいから！　あるの、ないの⁉」

「よ、ようし、ジャビの刺青から、引き出せば――来ォォオいッ、地蔵矢‼」

　レッドは自分の二の腕の刺青に意識を集中し、まさか使うと思わなかった地蔵ダケの矢を顕現させる。

そこへミロが作った真言弓が手渡されると、番えられた矢がエメラルドの輝きを放った。レッドはひとつ決意の頷きを見せて、輝く地蔵ダケ矢を引き絞る。

「──よし、撃てるよ、ビスコ！」

「うん！」

「真　言　地　蔵　弓　ウゥ　──────ッッ‼　」

ばぎゅんっっ‼

「お、おのれっっ⁉」

キュルモンが咄嗟に展開し、肉世音を護った阿修羅三面だが、真言弓がそこに突き立つことはなかった。矢は肉世音ではなく、その数m前方に突き立ったのである。

そして、
ぼうんっっ‼

「……な、なな、なんだ、これは⁉」

その場に咲きほこったのは……

なんと地蔵ダケの力を増幅して作り上げた、巨大なキノコの仏像であった！　その表情はおだやかに微笑み、たおやかな手指は来迎印の形にむすばれている。

「成功だよ。〈大胞子如来〉！」

「なんだそりゃあ⁉」

撃った本人、レッドの表情が一番ひくついている。しかし不思議なことに、ただばかでかいだけで何の効果もない大胞子如来を前に、肉世音は動くことができないようだ。

「な、何だ⁉ 何を戸惑っておる。薙ぎ倒せ、こんなもの。おい、動かぬか！」

キュルモンが焦るそこへ、ぴょーん！ とビスコが大胞子如来に飛び乗り、拡声器ダケを使って、ものものしく喋った。

《これなるは、万象救済のほとけ、大胞子如来であ～る（あ～る）（あ～る）》

「だ、大胞子如来だとっっ」

《カネだキンだと物質主義に染まり、真実を見ぬこと、まことと救われぬ。今生にて幸をさずかりたくば、命と家族を大切にせよ（せよ）（せよ）》

「ふざけるなっっ！ おい、あれを薙ぎ倒せ！ 肉世音、聞こえぬのか⁉」

キュルモンは怒鳴るも、しかし、

「……わあぁ」

「如来のご威光だ」

「カネより命だ」「うちに帰るんだあ」

なんと、肉世音を構成していた信者のひとりひとりが、大胞子如来の威光にほだされ、次々と自我を取り戻してゆくのだ。あれだけ巨大だった肉世音の身体は、逃げ出す信徒たちによって次々に小さくなり、とうとう、

「な、ななな、なんてことだ⁉」

中心にいたコプロを残して影も形もなくなってしまった。コプロはいつの間にやら傷を治癒されていたらしく、ハッと意識を取り戻すと、

「はは〜っ、大胞子さまあ〜〜」

なんと自らも地に伏して、如来に祈り出す。

「こっ、このバカめ‼　くそっ、おのれおのれ……‼」

キュルモンは恥をかかされた顔を真っ赤に染め、ひざまずいてキノコ如来に祈るコプロの尻を蹴とばすと、その首根っこをつかんで出雲の闇へと消えてく。

「覚えておれよ、ヤクシャども。このキュルモン、まだ諦めたわけではないぞ！」

＊＊＊

「………。」

聳え立つキノコ像の上から、出雲の街を見下ろす。

この大胞子如来を、馬鹿げたキノコと笑いとばすことが、レッドにはできなかった。なにしろ敵を打ち砕くどころか、相手に眠る善心を信じてそれに働きかけ、悟りによって戦いをおさめたのである。

（これが、ジャビの念願だってのか）

無血決着こそ、キノコの弓の極意なり——。

（……ばかばかしい！）

この勝利を受け入れかねて、レッドは奥歯を噛みしめた。

自身の師が目指した最強の菌術が、自身の哲学と反した位置にあることに、どうにも気持ちの整理をつけかねているようであった。

（戦いの中で相手を信じてどうする。完膚なきまでに打ちのめして、勝たなきゃ……返り血に塗れて進まなきゃ、勝者に安寧はないんだッ！）

《なるほどな。地蔵ダケのシンズイ、みせてもらったぜ。》

そんなレッドの葛藤を知ってか知らずか、その額からぴょこりと飛び出して、ビスコが満足そうに頷いた。

《あいてを倒すんじゃなく、育てる。ジャビはそういうキノコを夢見ていたんだ。》

「……甘すぎる！」

こんなのは勝利ではない。

貫けば殺してしまう。貫かなければ殺されてしまう。それは過酷な現実を生きるレッドにとって、ごく当然の摂理なのだ。

「戦えばどっちかが死ぬのが現実だ。そんなのはジャビの見た、儚い夢に過ぎない！」

《かもな。でも叶った。》
「……っ。そんなの……!!」
《いや、叶うとか叶わないとか、結果はどうでもいいんだよ。》
キノコのビスコはレッドの肩に腰かけて、静かに言った。少年の放つ一言一言が、心の整理がつけきれない少女の胸に、ゆっくり染み込んでゆく。
《おれたちは叶えるために願うんじゃない。夢を見ること、追いかけること自体が、生きるってことなんだと思うぜ。》
「……っ!!」
ビスコの、飾り気のない言葉に。
それまで〈願う〉ということを拒絶してきたレッドの哲学が、大きく揺れた。現実を受け入れて戦う己より、呑気に夢見るものどもの方が、正しかったというのか？
「てめえ!!」
《!?　うわあっ。》
そんなはずがない！
レッドは所以の知れぬ怒りに任せてビスコをぎゅっと掴むと、眼前へもってきた。その瞳は震える心に合わせて、わなわなと揺れている。
「運がいいだけだっ！　運がいいから、おまえはそんな悟った事が言えるんだ。おまえにはみんながいる。パウーも、チロルも、アクタガワも……!!　たまたま、おまえは運が良かっただけで!!」

《ぐっ、ぐるし――！　やめろォ！》

「夢だけ見て、みんなを護(まも)れたのなら。あたしだって。あたしだって……!!」

「ビスコ――!!」

そこへ、ひらりひらりと夜を跳ね飛んで、ミロが戻ってくる。ビスコから手を離して顔を伏せるレッドを見て「おや」と思ったのか、ミロは二人の表情を交互に見て、得心いったように保護者づらで頷(うなず)く。

「レッドが涙目になってる。ビスコ、何か意地悪したでしょ!!」

《は～～!?　なんでそうなるっ!!》

「あとでこちょこちょの刑だから」

《なんでだオイッ!!》

「摩錆天(ましょうてん)の居所を見つけたんだ」それはそれとして話をすっぱり切り替え、ミロが言葉を続ける。「この〈虚構時空(サブナー・アカシャ)〉を摩錆天言宗(ましょうてんごんしゅう)が支配してるんだとすれば、摩錆天(ましょうてん)がヌシになってると見て間違いない。ヌシを撃ち破れば、この時空も消え去るはずだよ！」

《つまり、ケルシンハのジジイと再戦ってわけだな。なあに、父となった赤星(あかぼし)ビスコの敵ではねえぜっ!!》

「なあにが父だ、そのタッパで。倒すのはママのあたしだ！」

《なにを〜〜‼》

「行くよ二人とも。僕についてきて‼」

輝く大胞子如来（だいほうしにょらい）から飛び降り、ミロを追ってゆくレッド。出雲（いずも）の夜を駆けながら、おでこに摑（つか）まるビスコにだけ、静かに語り掛けた。

「……ビスコ、おまえの求道の精神、間違ってはいないよ」

《む！》

「でも、いいか。夢見るやつの道は、かならず現実を見るやつが支えているんだ。おまえが撃たずに済んだ矢は、別の誰かが撃つことになる。おまえが浴びずに済んだ血は、別の誰かが必ず被（かぶ）ることになる」

《…………。》

「キレイな夢を見てもいい。でも、血塗（ちまみ）れのあたしを見て、憐（あわ）れむな！」

ビスコが何か応えようとするのを、レッドは聞かなかった。そして自分の猫目（ねこめ）ゴーグルをずり下げ、宵闇の中に表情を隠してしまった。

9

かちゃ、かちゃかちゃ。

鍵をこじ開ける音である。

一人の枯れ木のような老人が、その全身を汗みずくにして、這(は)いつくばるように飾り棚の鍵に取りついているのだ。

「おん　ける　しゃだ」

「ひい　ひい」

「おん　ける　しゃだ　すなう」

おびただしい発汗……。

もはや命に危険な量である。痩せ切った身体(からだ)から、こうも水分が出るものか？　これは老人にかかる尋常ならぬ恐怖が、そうさせているものらしかった。

「け、〈経典〉さえ、」

絞り出すような、枯れきった声。

「〈経典〉さえ、戻れば。儂の身体に、五臓が戻りさえすれば……！」

血走った目に鷹のような鼻筋。

もしその意気と野望が健在なら、この人物が、かつて六塔を恐怖で支配せし怪仙・ケルシンハその人であることは容易にわかったであろう。

出雲にその名轟く邪悪の化身、

しかしこの有様はどうしたことか？

ビスコを迎え撃った時の隆々とした肉体は見る影もなく、それどころか、最初に拾われたときの、死にかけの様相とさして変わらない。

「おんけるしゃだりんけるしゃだ。おのれおのれ。摩錆天の座は儂のものぞ。〈経典〉さえ戻れば、あんな小僧などに、これ以上——」

かちゃり。

「！　開いたアッ」

ケルシンハは喜び勇んで錠を外し、震える手で飾り棚の戸を開けた。

ぶわっ、と冷気が吹き付けて来る。飾り棚の中は冷蔵庫になっており、何かナマモノを収めたシリンダがいくつも保管されていたのだ。

そして、それこそが——

「け、〈経典〉ッッ」

〈経典〉、もとい、真言の力を閉じ込めた、ケルシンハの五臓である！

「〈経典〉だッッ。や、やったぞ。これさえ、これさえ戻れば……」

ケルシンハは喜び勇んで飾り棚に飛びつき、シリンダのうち一本に手をかける！　それをしっかりと摑んで、取り出そうとして……

「⁉　ゆ、指が、そんな！」

なんとシリンダを摑んだはずの指が、凄まじいスピードで錆び腐り、どんどん崩れ落ちていってしまうのだ。そのあまりにおぞましい感触に、ケルシンハは思わず背後に転げて、哀れな悲鳴を上げた。

「ぎゃああ。錆びてゆく、儂の手が。ヒャワワァァア――ッッ……‼」

『きゅひ、きゅひ、きゅひ……』

その有様を眺めて、部屋の入口で嗤う人影がある。

ふわりと腰ほどまである髪を揺らし、切れ長の眼を妖しく光らせるその青年の姿は、一目見ただけでは女性と見紛う美しさだ。

その白き美貌の青年こそ、この出雲百八塔が主――

摩錆天アムリィその人に他ならない。

『あまりおいたを、なさっては――』

恐怖に転げまわるケルシンハの上から、美しい声が降り注いだ。

『神罰あるのは当然のこと。ご自身でそう教えていたでしょう、お父様？』

「こ、この、腐れ虫めがァア」

ケルシンハはどんどん錆びてゆく腕をおさえて、アムリィに汗みずくの顔を向ける。

「この真言を解け。死ぬ。死んでしまう」

『息子に向かって、腐れ虫、とは酷い仰り方。わたくしを何とお思いになります？　そんな不心得なお父様なら、いなくてもかまいませんね……』

「な、なにとぞ御情けを！　賢明なる摩錆天様。この哀れな老いぼれめに、お慈悲を」

『きゅひ、きゅひ。おっと、ふふふ……』

思わず零れる下卑た笑いを反省して、ぱちり、と青年が指を鳴らすと、ケルシンハの腕の崩壊は中ほどで止まり、哀れな老人は安堵とも悔恨ともつかぬ溜息を細く長く吐き出した。

『仰るとおりに。お父様。アムリィは、良くできた息子でしょう？』

「うう……おのれ、アムリィの力を借りただけの、羽虫のくせに……」

『おや？　お返事が――』

「お、おお、お奇跡、感謝いたします、摩錆天様!!」

『ふふふふ……！　えらい、えらい。あの不遜さはどこへやら……』

美青年はケルシンハの禿頭を撫で、悦に入ったように笑う。しかしその一方、ケルシンハの震えは増すばかりだ。

それは眼前のアムリィ、その正体が、錆神の刺客ンナバドゥだということを理解しているからであり、底冷えするような恐怖の前に隷属するほかないのであった。

『ここは、お父様が赤星ビスコに勝利した世界線。お望み通りの世界であるはずです。何もご心配なさることはありません』

「し、しかし」

ぜえぜえと恐怖の息をつきながら、ケルシンハがなおも抗議する。

「いかにあかぼしを滅したとて、儂が唯一神でなくては意味がない。これでは飼い殺し。誇る権威もないではないか……」

『何ァにが、唯一神だ、老いぼれ』

神、のことばを聞いて、アムリィの声がひやりと冷たくなる。

『すべての時空において、その言葉に相応しきは錆神ラストただ一人。てめえみてえな奴が、夢見ることすらおこがましい』

「うう……!!」

『きゅひひひっ！　安心なされませ。今後は錆神の臣下が一人として、みじめな老い先を保証いたしましょう。あ〜あ、こんなに〈経典〉をちらかして……』

アムリィは零れ落ちた瓶詰の臓腑を、ふたたび飾り棚に仕舞い直してゆく。その背後で、ケルシンハは絶望と屈辱に身体をふるわせた。

（わ……儂の……）

（儂の夢見た神の座は、もとより届かぬ野望であったというのか。）

（そんな……そんなはずは、ない！）

（錆神の加護持つ、こやつの肉体さえ、あればっ‼）

くわっ、と眼を見開いて、

「羽虫ンナバドゥ！　その身体を、よこせぇ～～っ‼」

ケルシンハは床に散らばるガラス片を引っ掴み、アムリィの背後から襲い掛かる！

それへ、

『邪仙め……』

ひやりと冷酷な呟きを返して、振り向きざまのアムリィの爪が刃物のように閃き、ケルシンハの顔に四本の真っ赤な線を引く。

「ぎゃぼっっ‼」

『この虚構時空に満足しておればいいものを。つくづく救われねえやつだ』

顔から鮮血をこぼすケルシンハへ向けて、アムリィが指先に錆の粒子を集め始める。それはほどなく錆神の象徴でもある歯車の形を取り、老人を轢き肉にすべく高速で回転しだす。

『生かしておけば多少の役に立つかと思ったが、こんな奴をラスト様の御目にかけてはご機嫌を損ねよう。いま、ここで始末することにした』

「ひっ‼」

『魂の一かけらまで轢き潰し！　時空の塵としてくれるぜッ！』

「ひいい——っっ‼」

野望の超仙人、無残にもここで粉微塵となる——

その寸前、

「シィッ‼」

ずばんっっ‼

アムリィの指先で回転する歯車を、放たれたレッドの矢が砕き散らした！　矢はそのままアムリィとケルシンハの間に着弾し、ぼぐんっ！　と咲いたキノコで老体を弾き飛ばす。

「ひっ⁉　ひわぁぁ〜っっ」

「僕に摑まって‼」

吹っ飛ばされるケルシンハを抱き留めて、ミロが錆塔の最上階、摩錆天の私室に降り立った。中空にふわりと浮遊するアムリィを睨みつけながら、レッドもミロを護るように着地する。

「ミロ、このジジイは？」

「ケルシンハだよ。死にかけてる！」

「ううう～っ」

《ど、どゆことだ⁉》

細かく震えるケルシンハを見ながら、ビスコがミロの頭皮から叫んだ。てっきりこの老人を懲らしめれば、それで事態は解決と思っていたのである。

《摩錆天をたおせばいいんじゃねぇのか。こいつはもう死に体だぜ！》

『これはこれは、夢見る白時空の皆様……』

アムリィは妖艶に笑い、うやうやしく一同に一礼した。隙だらけのようで、その周囲は浮遊する錆の歯車に護られ、うかつに手が出せない。

『そして、お久しぶりです……ビスコお姉さま』

《ビスコおねえさま？》

「アムリィ‼」

困惑するビスコの一方、レッドの表情は怒りと悔恨に歪められている。その姿は過去、共に戦ったアムリィそのものであったからだ。

「いや、ンナバドゥが中にいるんだな。てめえ、アムリィの身体を使うな。アムリィのことばを話すな‼」

『何故です？　わたくしがわたくしの言葉を使って、何が悪いのでしょう？』

「ふざけるなッ!! アムリィは──」

『死んだ』

ぐっ、と次の言葉を喉に詰めるレッドを目前に、アムリィは……いや、錆神が忠臣ンナバドゥは、『きゅひひひ!』と愉悦の笑いを漏らす。

『そうとも。お前の盾になって、ラストさまに貪り喰われたのさ。覚えているだろ? 惨たらしく血を噴き散らかして叫ぶ、アムリィの悲鳴を』

「やめろ……」

『こいつだって生きたかっただろうにな。可哀そうに。お前なんかに、味方したせいで──』

「うるさい、やめろッッ!!」

『きゅひひ。きゅひひひひ! きゃはははははははっ!!』

苦痛に歪むレッドの顔を指さして──

心から嬉しそうに笑う、羽虫ンナバドゥ!! それはアムリィの皮を被った外道のものであり、全ての生命に仇なす宿敵であった。

『あ──おもしれえ。クソバカのキノコ守りで遊ぶのは、たまんねえな』

「なんてやつ……! しっかりして、レッド!」

《そうだ。あいつをよくみてみろっ。》ミロとビスコが、怒りと哀しみで震えるレッドを咄嗟にかばう。《あれのどこがアムリィなんだ。男だぞ。》

「黒時空の人は、性別が反転するんだってば。レッドにとっては、あれがアムリィなの！」

《え〜〜!!　あれが!?　背がおれよりデカいぞっ。》

「いまのビスコよりは、ほぼ全人類が大きいと思うけど」

《たのしいかおめーそうやって水さしてよ。性格わるおくんだな？》

「ほんとのこと言ってるだけですう」

《まつげグイ〜〜ッ。》

「ぎゃ――っ!!　ひっぱるなあっ!!」

遊びちらかす二人に、

「おまえたち、うるさあ――――いっっ!!」

絶望に沈みかけていたレッドが、額に青筋を立てて吼えかかった。少年たちのやかましい会話に落ち込む暇をなくした格好である。

「いまあたしがシリアスになってんのが、わかんねえのか!!」

《こいつのせいです。》

「ちがうよっ、ビスコが！」

「いいから返事いっっ!!」

「《ハイ〜〜ッ!!》」

普段なら、絶望に呑まれそうになる心を、刺青の灼熱で呼び戻していたレッド。

しかし今この場にあっては、ビスコとミロの妙に間の抜けたやりとりが、不思議と修羅の心をやわらげた。

『………ちっ。』

ンナバドゥは、いつもの遊び道具が予想通りの挙動をしないことに小さく舌打ちをし、そしてようやく、その原因に関心を向ける。

『……邪魔をしてくれやがって。こいつらが、白時空のレッドとブルー？　吸魂の刺青（いれずみ）すら持っておらんじゃないか。どんな神威（かむい）を持つかと思えば、拍子抜けだ』

「やってみなきゃ！」

《わかんないぜっ‼》

びしっ！　とポーズを決めるミロとビスコの前で、アムリィは周囲の歯車に錆（さび）のオーラを練り上げ始める。

『大人しく、この虚構時空（サブナー・アカシャ）に塗りつぶされておればよいものを。そんなに消失が待てぬのなら、よろしい、ここで消し去って差し上げよう』

「来るぞ！」

「うん！」

《おっしゃ〜〜！》

「こ、こ、殺せぇぇぇ〜っっ」背後から、ケルシンハがか細い声でがなった。「あれは偽りの神だ。殺せ。儂(わし)でない神なら、殺してしまえ、ねこやなぎぃぃ〜っっ」

《このジジイ、口ぶりはあいかわらず――》

ビスコがやれやれと振り返った瞬間、

どうんっっ！

アムリィから放たれた歯車のチャクラムがケルシンハの腹部に直撃し、さらに塔の床をぶち破って、階下まで巨大な穴を開けた！　ケルシンハは「ワァァ〜ッッ」と哀れな声を上げながら、下層へと転がり落ちてゆく。

『いい気になるな、老いぼれめが』

《!!　ジジイッッ!!》

「放(ほ)っとけ、来るぞ！」

《すぐもどる！》

「――はあっ⁉　嘘(うそ)だろビスコ、待ておいっっ!!」

ミロの額から飛んで、小さな身体(からだ)でケルシンハを追ってゆくビスコ。突然のことに呆気(あっけ)にとられるレッドへ、容赦なくアムリィが攻撃を仕掛ける。

「レッド危ない！　〈障壁〉ぃっ!!」

ばぎんっ！　と展開した真言(しんごん)の盾で攻撃を払い、ミロはレッドの腕を引いて塔の外へ飛び出す。

塔と塔に渡す電線の上に降り立ち、お互いが中空で双方をにらめば、出雲の夜景が戦いの舞台を暖色に照らした。

「ちょっとレッド、しっかりしてよ！」

「おまえこそ相棒を止めろ！ ケルシンハは腐れ外道だぞ。煮え湯を飲まされた相手を、なんでわざわざ助けに行かせるんだ⁉」

「僕もそう思うけど、しょうがない。そういう奴なので」

「あのな……‼」

『なるほど。腐っても白時空のブルー、多少の真言の力はあるようですね』

アムリィは悠々と電線に爪先で立ち、二人のやや上から見下ろす格好である。

『しかし。本家ブルーの力に比べれば、子供の術式』

「なんだとっ！」

『所詮は白時空のぬるま湯で育ったお前に、レッドの相棒は務まらぬ様子。双子茸を名乗るには、到底およばぬ軟弱者ですな』

「はん。言わせとけ、ミロ！」レッドはようやく戦闘体勢に入り、ミロを護るように一歩進み出た。「あいつはシンナバドゥ、錆神の側近！ 本体に力はないがとにかく口が回るんだ。いいか、どこかで隙を突いて——」

「僕が、ビスコに……」

「んお？」

「ふさわしくないだと。僕に！　相棒の資格がないだと‼」

「あれ――っ⁉」

ンナバドゥにしてみれば、小手調べ程度の挑発――

しかしその効果は覿面であった！　たとえ異なる時空とはいえ、ビスコたるレッドに不釣り合いと言われたことに、言葉よりまず魂が反射してしまったのだ。

「僕だってなあ……」

「僕だって‼」

「僕だって一人産んでんだよ――――ッツ‼」

ぶわっ！　と真言のキューブから夥しい錆が噴き上がり、ミロの片手に大きな真言の斧を顕現させる。ミロはそれまでが嘘かと思うほどの凄まじいスピードで飛び上がり、その身体のどこにあるのかわからない怪力で、ンナバドゥに斧を打ち付けた。

『はっ！　むきになりおって。そんなもの、この障壁で……』

「ジョ――ジッ・トマホ――――ク‼」

ばぎんっ‼

その凄まじい破壊力に、展開した障壁があっというまにへし割れる！

『⁉　げぇっ、こ、こいつ‼』

「取り消せコラ、おいッッ‼」

『何だこの膂力は。まるで、人が変わったような……‼』

ンナバドゥは自分がアムリィであることもひと時忘れて、額に脂汗を浮かべる。なにしろその鬼気迫る有様と言ったら、数秒前とはすっかり別人なのだ。

『こ、こいつ、ブルーとは違う。猫柳ミロは、ネジが飛んでいやがるんだ！』

「これでも、まだ……」

『ううっ⁉』

「ブルーより、僕が、弱いかあああ――――っっ‼」

身体の回転を利用して、再び打ち付けるジョージ・トマホーク！　ンナバドゥははるか後方へ吹き飛んで、別の塔の壁面へ打ち付けられる。

『……何てやつだ。しかし、ブルーより御しやすい』

ダメージはあるはずだが、しかしンナバドゥは不敵な笑みを崩さなかった。アムリィとしての体裁をととのえ、再びひらりと電線に着地する。

『なるほど大した御力です。しかしわたくしは所詮、錆神ラストの使い。飛び回る羽虫に過ぎぬ。ブルーならば、レッドの力を借りずとも、簡単に打ち破るでしょうね』

「何い……！」

「誘いに乗るな、ミロ!!　あたしと力を合わせるんだ!!」

『できないのですか？　やはりレッドの力がなければ、何も成しえないのだな。自分ひとりではかがやけない星。いつも相棒の、足かせになってばかり——』

「だまれええええ——っっ!!」

ミロの瞳に憤怒(ふんぬ)のほむらが灯(とも)り、これまでに類を見ない力の奔流がキューブに集まった。ミロが高く手を掲げれば、

「来ォォおおいッ!!」

輝くエメラルドの真言弓(しんごんきゅう)が、ビスコの協力なしに、一人の力でその手に顕現した。ミロが怒りに任せて矢を引き絞ると、その身体(からだ)中からエメラルドの粒子が噴き出し、ミロの髪をエメラルド色に染める。

「ぶち抜いてやる……!!」

「ミロ、だめだっ!!　その技はバレてる、錆神(さびがみ)相手に——」

「いけええっ!!　真(しん)　言(ごん)　弓(きゅう)　ウゥ——ッッ!!」

ばぎゅんっ！　と音速で放たれる真言(しんごん)の矢が、ゆらり空中に佇(たたず)む錆神(さびがみ)の身体(からだ)を貫き、息の根を止める……

はずが！

『きゅひ。きゅひきゅひ、』

「ああっ⁉」

『あ――――っはっはっはっ‼』

びたり！　と、ミロの全能力を込めた真言の矢は、アムリィの胸の直前で凍ったように止まり、呆気なくもその手に握られてしまったのだ。

『真言弓だと？　馬ぁ鹿め。真言は錆に願う技術……つまりは！　ラストさまの御力を借りているということ‼』

「そ、そんな……‼」

『そんな古い技が、この蝿に！　通じるわけがねえだろォォ――――ッッ‼』

完全に支配権を奪われてしまった真言の矢は、アムリィの手によって振りかぶられ、一直線にミロへと投げつけられる。

もはや全ての真言力を注いでしまったミロに、障壁の術式は展開できない！

「しまったっ‼」

「くそっっ‼」

電線を蹴り、ミロをかばって飛び出すレッド！　しかしミロの全能力を込めた真言の矢は、皮肉なことに、到底間に合うスピードではない。

「ミロ――――ッッ‼」

ずばんっっ‼

「おん　ける　しゃだ　ばーきに」

「おん　うる　かむらいたお　けるしんは　すなう」

貫かれたのは——

ミロではなかった‼　はるか下層から飛び上がってきた筋骨隆々の身体が、ミロの眼前に立ちふさがり、その分厚い筋骨で真言の矢を喰い止めたのである。

「ああっ⁉」

「しゃかかかか……」

突き立った真言矢を引き抜き、その巨漢は……

自らの鮮血滴るそれを「ばりばりばり」とその歯で噛み砕き、すべてを呑み込んだあと、

「ご」と無遠慮なおくびをする。

「かつてはこの身を破った真言弓も、今や脅威にあたわず」

「そ……そんな、おまえはっ⁉」

「儂の姿、思い出したか？　ならば今一度屈服の機会をやるぞ、猫柳」

ミロが驚愕に目を見開く。

見覚えのある姿。自らの、絶体絶命の窮地を救ったのは——

「この摩錆天ケルシンハの前に、ひれ伏せ！」

あろうことか凶悪無比の大怪仙、ケルシンハその人だったのである！　その全身には力みなぎり、かつての全盛期、いやそれ以上の仙力を取り戻している。

「今の見たレッド⁉　ケルシンハが、僕を助けてくれた‼」

「こいつに限ってそんな筈がねえ。何か裏があるはず——」

「さっそく義理は果たした。これで文句はないな、あかぼし」

慌てるレッドとミロの前で、ケルシンハが何やら己の腹部に問いかける。よく見ればたくましい筋肉に覆われたその鳩尾のあたりに、何か太陽色に輝くものが、上半身だけでぴょこぴょこ動き回っているのだ。

《もんくあるっっ！　あいつを倒すまでって約束だぞ。》

「ああっ。ミロ、あいつの腹‼」

「び、ビスコが、埋まってる⁉」

埋まってる、という表現が正しいか定かではないが、先ほどンナバドゥに貫かれたはずのケルシンハの腹部に、ちょうどキノコ状態のビスコが嵌まっているのだ。

どうやらビスコ自身が、怪仙の胃の役割をしているものらしい。

「くだらぬ。何故この儂が、神敵を二度三度と庇わねばならんのだ？　ことが済めば、どのみち儂に屠られるものども。助かろうが死のうが同じことだ」

《ほ〜そんなこと言っていいのかジジイ。だれが胃の代わりになってやってっと思ってんだあ。今すぐ出てってもいいんだぞ、オウッ！》

「ぐ」

『――どういうことだ⁉　あの老いぼれ、殺したはず……‼』

ンナバドゥは額にわずかに汗を浮かべ、見慣れた様子とすっかり違うケルシンハを見つめている。怪仙はその視線に気づき、不遜にも顎をしゃくって笑った。

「しゃかかか……。笑えるぞ、蠅くず。その間抜け面、板についておる」

『何い……‼』

先ほどまで、己の下に這いつくばって弄ばれていたこの老人の、あまりに急にこの尊大な口ぶりに、ンナバドゥも狼狽と怒りを禁じえない。

『何様で語っているのだ、塵芥のごとき老いぼれめ。傅け。ひれ伏せ！　うぉれこそ錆神の右腕、おまえの崇めるものなるぞ！』

「三界で最も重き罪。それが何か教えてやろう」

ケルシンハが鳩尾のビスコに触れ、そこから力を引き出せば、錆喰いの力を得た太陽の槍がその手に顕現する。

「この唯一神ケルシンハの前で、神を騙ることなり。錆神ラストだと？　今ここに儂が降りたるからは、偽りの神にもはや玉座なし!!」

『き、き、貴様……!! ラストさまを、偽神と抜かすか!』

「その紛い物に伝えろ。儂に屈する権利をやる、とな」

『老いぼれえ―――――――ッッ!!』

猛然と突っ込んでくるシナバドゥの前で、ケルシンハは錆喰いの槍を構える。アムリィの身体が持たぬほどに増幅する歯車の力はこれまでの比ではなく、まさに怒りで我を忘れているといった具合だ。

《すげえパワーだ。じじい、やれるのか!?》

「本気になったところで、所詮は羽虫の一匹よ。とはいえアムリィの肉体は侮れん。あかぼし、もっと気張らんか!」

《だったら無駄に煽るんじゃね――っ!!》

『死イィねエエ――ッッ!!』

シナバドゥは歯車を連ねて回転する騎士槍を作り出すと、ケルシンハへ向けて撃ちおろす。迎え撃つ太陽の槍によって、ばぎん、ばぎん、ばぎんっっ！と夜空に閃光がいくつもはじけ飛び、花火のように夜を照らしてゆく。

『何ぃっ。真言の槍ごときが、ラストさまの歯車を受けるだと!』

「しゃかかッ。これは真言の槍にあらず」

互角に打ち合いながら、ケルシンハが笑う。

「これこそ神敵、阿修羅あかぼしのさびくいの槍よ。まことの神たる儂には通じぬ武器だが、偽神を屠るには丁度よい」

《おめーにも通じるわいっっ!!》

『ふん、いかなる力を借りたとて、老いさらばえたお前になにができる。こちらの身体は、若く、強い！　依然歴然たる差があるのだッッ！』

ンナバドゥの言葉どおり、歯車の大槍はアムリィの生命力を吸い取って、どんどん威力すさまじく成長してゆく。

ばぎん、ばぎんっ、と打ち合うたびに、流石の錆喰いの槍もどんどん削れてゆき、夜空には飛び散った胞子のかけらが星のように輝いた。

（──真言の力は所詮、錆神の手垢のついた中古品であった）

『きゅひひははっ！　なあにが摩錆天ケルシンハだ。お前などラストさまの威を借りていただけの、人間一匹に過ぎぬのよォ〜ッッ!!』

（なればもう一度探すまで。摩錆天ケルシンハに相応しき、新たな術法を！）

《じじいっ！　だめだ。錆喰いの槍が、もうもたない！》

「……おーむ　うじゅ　さーまりぐ　べーだ」

《んお!?》

ビスコが驚いて腹部からケルシンハを見上げれば、その顔は静謐に眼を瞑り、何やら奇妙なことばを呟いている。何らかの術法かと思いきや、ミロの真言を聞きなれているビスコからすれば、その言葉の羅列はてんで出鱈目のものでしかない。

「おーむ　うぱに　ぶりはど　あらにやん」

《そりゃ念仏か――っっ⁉　あきらめが早すぎるぞ‼》

『あーっはっはっ！　虚勢を張る元気も失せたか、老いぼれめ！』

「おーむ　ぶらーふま　びしゅむ　しば」

もはや祈りの言葉にすがり、勝利を諦めたか。そのケルシンハをめがけて、ンナバドゥの身体が必殺の槍を振りかぶる！

『ラストさまのご威光の前に、消し飛べ――ッッ‼』

「らじゃ　ばじゅら」

ばぎゅんっ！

『――はっ？？？』

一瞬の間――

何が起こったのか、ンナバドゥには理解できない。しかし突き出したはずの自身の槍が、それを摑む腕ごと寸断されていることに、やがて気が付く。

『うぉ……うぉれの、腕が⁉』

《あぁっ!?》

何か中空に顕現した太陽色にかがやくものが、背後からアムリィの肉体を斬り裂いたのである！　中空に躍る自身の腕を見て戦慄くンナバドゥへ、

「らじゃ　ばじゅら　はぬまん」

ずばん、ずばんっ！　と廻る閃光が何度も貫き、その肉体に穴を空けた。

空中に漂っていた錆喰いの欠片が、ケルシンハの謎の術法に応えて神威のヴァジュラとなり、ンナバドゥを敵として自律的に襲い掛かったのである。

『ぎゃばあああ――っっ!?』ンナバドゥが恐慌に叫ぶ。『ばかな、これは真言ではないっ。老いぼれきさま、何をしやがった!!』

「想定よりも威力が弱い」

くるくると回転しながら、手元に収まる錆喰いのヴァジュラ。それを睨んで、ケルシンハはいまいましげに「ちっ」と舌打ちした。

「胞子が百あるとして、術法に従うのは十ほどか。キノコとはまこと厄介よ……錆を操っているほうが、気楽でよいわ」

《じじい、今のはなんだ!?》

ビスコは眼前で起こったことがいまいち理解できず、頭をめいっぱい反らして、ケルシンハの顔を見ようとする。

《その武器、錆喰いがおまえをみとめた証だ。いったいどんな手品だ⁉》

「錆とキノコは由来は違うが、同じ宿命をもつもの。キノコにも真言と同じく、感応する音の羅列が存在するはず」

《つまりキノコの言葉か。それを解明したのか、この一瞬で⁉》

「儂を誰だと思っておる？」

ケルシンハはごきりと首を鳴らして、傲慢に踏ん反りかえった。

「儂は常に、ゼロから実力をつけてきた。何度地に伏しようと這い上がった。はじめから持っている者とは、実力の格が違うのよ」

『ぐるううおおおおっっ』

ンナバドゥは全身のダメージをなんとか塞ぎ、憤怒を露わにする。怒りに任せて錆の力を練り上げようとするも、もはや穴だらけのアムリィの身体にはヒビがいくつも入り、集束してゆく錆の力に耐えることができない。

『こ、このボディは限界だ！　ダメージを受けすぎたのか⁉』

「異なる時空のものとはいえ、我が血を受け継ぐその肉体。お前のような羽虫如きが、纏っていいものではない」

お腹のビスコが《そうだぞっ！》と応えれば、ケルシンハの背後に後光がきらめき、まさしく摩錆天としての神格をあらたかにする。

「アムリィを騙ったこと、天罰覿面なり。この摩錆天が、神罰をくれてやる！」

『うぉ、うぉまえの、身体を、』

崩れかけた身体で、ンナバドゥが猛然と襲い掛かる！

『うぉまえの身体を、よこせ――――ッッ！』

《いまだッ、ジジイ!!》

「おん　ける　しゃだ　すなう。」

「《血迫！　超仙金剛杵ッッ!!》」

ずばんっっ!!

『人喰い赤星』と『不死僧正』、乾坤の合体奥義が決まった！　ビスコの超信力によって長大に威力を増した神威のヴァジュラは、ンナバドゥの腹を喰い破って、太陽の炎でその身体を包んだのである。

『うわわ、わわああ……』

火だるまになって夜空に光りながら、ンナバドゥが慄く。

『身体が燃える。燃えちまう。わああ、熱いいい。ぐぎゃわああ……』

「くかかか。しゃかかかか………!!」

錆神の力を燃やす煉獄の炎に、ケルシンハは高らかに笑った。
「愉快だぞ、蠅くず。もっと踊れ、もっと苦しまぬか」
《おい、ジジイ！　もう勝負あった。トドメを刺してやれ！》
「とどめを、刺せだと？」
愉悦の時間に水を差されて、ケルシンハがビスコを鼻で笑った。
「馬鹿めが。これが儂に逆らい、神を騙ったものの末路ぞ。止めなどささぬ。このままこの業火の中、永劫の時を生かし続けてやるのだ」
《な、なあんてやつだ！》
何てやつだ、とは言ったが、まあ摩錆天の外道っぷりはすでに知ったところである。ビスコはポコポコとケルシンハの胸板を叩き、鳩尾から抗議する。
《死にゆく相手には敬意をはらえっ。でなきゃ、このおれがゆるさないぞっ！》
「しゃかかか……」
ケルシンハは邪悪の笑みを今度は鳩尾のビスコへ向け、歯をむき出しにした。
「儂を許さんか。美学に反するか？　ではどうする。その指人形のごとき身体で、儂をどうしようと言うのだ、あかぼし？」
《ううっ……！》
「しゃァ――ッッかッかッ！　きゃつを滅ぼせば、次はおまえの番だと忘れたか！　神敵あかぼし、その脳を抉り取り、永遠に我が臓腑としてくれよう」

《くそ――っ！　んしょ、よいしょ……うわあ、でられねえ！》

ビスコは改めて、とんでもない奴に力を貸してしまったと思ったが、時すでに遅い。自分の下半身はケルシンハの腹筋によって食い止められ、引っこ抜くにはだいぶ手こずりそうなのだが、すでにその手は眼前に迫っている。

《おわ～～～!!》

「しゃ――っかっかっかっ……」

ぼうんっ。

「――かぁっ!?」

《あれっ!!》

ケルシンハとビスコが同時に驚愕した。なんとビスコの眼前にまで迫った手が、何の前触れもなく粒子となって霧散してしまったのだ。

これはどうやら、ビスコにも起こっていた身体の消失現象と同じものである。

「わ、儂の、腕が!?」

『きゅひ。きゅひきゅひきゅひ。あ――っはっはっ……。』

笑い声に振り向けば、そこには燃え続けるシナバドゥの姿がある。

すでに声も身体もアムリィの形を保てなくなり、うぞうぞと蠢く錆の人形となったそれは、それでもいつもの笑い声をケルシンハに投げかけた。

『ばぁあああかめ。ケルシンハ！　現実のおまえが、すでに死んでいることを忘れたか。今のおまえは、この虚構時空(サブナー・アカシャ)の産み出す仮初めの存在に過ぎない。ヌシであるアムリィが打倒されれば、この時空ごと消失する』

「何いい……」

『お笑い種だぁ。おまえは、おまえ自身の手によって、自ら滅びるんだ‼』

「ばかな、うおおっっ⁉」

《わあっ⁉》

しゅぽんっ！　と、今度はケルシンハの腹部あたりが消失し、そこからビスコが抜けて空中へ転がる。ビスコを失ったケルシンハはバランスを崩して塔の屋上へ転がり、わなわなと震えながら歯を喰(く)いしばる。

「そ、それでは、ここが儂(わし)の終わりか……偽神(ぎしん)を滅ぼし、唯一神の座を勝ち取ったところで。その偉業を誰にも示さず、このまま終わるというのか！」

《ジジイ……》

「ところがそうでもないぜ。ケルシンハ！」

そう意気高く叫んだのは、別時空のあかぼし、双子茸(ふたごだけ)レッドであった。ひょいとビスコを摑(つか)んでケルシンハの隣に降り立てば、その小脇には、なんだか申し訳なさそうなミロが抱えられている。

「錆神に一矢報いたその力、魅せてもらった。あたしには、おまえを〈虚構時空〉から持ち帰る方法が一つだけある」

「なんだと⁉」

「それって、レッド、まさか‼」

「〈吸魂の法〉さ」問いかけに応えて、レッドは顔や喉首に刻まれた無数の刺青を指し示してみせる。「あたしが〈吸魂の法〉でケルシンハを吸えば、その魂はあたしの中で生き続ける。不死僧正として磨き上げた、その超仙力もな」

《おいやめとけ。こんなゲテモノ喰うな‼》

「そうだよ。お腹こわすよ！」

「神敵あかぼしの、腹の、中に……」

ケルシンハは歯を喰いしばりながらそう呟いて、虚空に消えゆく自分の身体を見つめる。そして極めて苦々し気に、レッドに向かって答えた。

「いいだろう」

「おっ！」

「儂の魂、その下賤の身に預かることを許す。しかし心せよ、あかぼし！　お主が力失いしとき、儂はいつでも喉笛を喰い破って、おまえから出てゆくぞ」

「あっはは！　そりゃ、望むところだぜ！」

『……そォォんな、ことォォオ』

ごごごごご、と時空全体が震えだす。ンナバドゥが最後の力を使って、この〈虚構時空〉全体を圧縮し、一同を轢き潰そうとしているのだ。

『無駄だ、無駄だぁっ。この時空から出ることかなうものか。おまえたちは!!　この虚構の中で、潰れていくさだめなんだ——ッッ!!』

《ああっ。まずいぞ、ミロ！》

ビスコとミロが周囲を眺めまわせば、出雲の地面がめくり上がるように空を覆って、３６０度球体となり、自分たちを押しつぶそうと迫ってくる。

「空間が狭まってくる。僕らを潰す気だ！」

『きゅはははははっっ!!　もともと、おまえらを消すのが虚構時空の目的よ。うぉれは勝ったのだ。やりました、やりましたぞ、ラストさまぁ〜〜っ』

《レッド！　吸魂の法、早くしろぉ！》

「今やってる！　いくぞじじい、おん、しゃだ、ぶらーふま、」

「はっくしょん。ずび」

「バカ！　あたしに合わせろ!!」

「しておるわ!!　あかぼしが抜けたから、肌寒いのだ」

《おれはカイロか⁉》

「今度こそいくぞ、せーの、」

「おん、しゃだ、ぶらーふま、すなう！」」

　びかっ！　と、吸魂の法が空間にひらめき、ケルシンハの肉体が瞬時に魂へ変換されると、刺青となってレッドの左手に刻まれた。間髪いれずその刺青から、摩錆天の経が刻まれた大弓が出現し、レッドの手に握られる。

　これこそケルシンハの超仙力、その野望と邪悪の結晶であった！

「ビスコ、ミロ、いくぞ！」

「うん！」

《よっしゃぁあ――っ。》

「　必　殺　ッ　！　」

「「《　血　迫　超　仙　弓　ウゥ――ツッ　‼　》」」

　ずばんっっ‼

　迸る血流のごとく襲う真紅の閃光は、錆の邪悪とキノコの無垢、その混沌の矢。錆神の力を以ってしても阻むことかなわない！

『ごおわああああ――っっ‼』

貫かれたンナバドゥの身体は再生も許されずに、

（だ、脱出を!!）

その耳の穴から一匹の羽虫を射出して、直後完全に消失する。さらに飛ぶ矢は時空そのものの壁に突き刺さり、大きな亀裂を入れた。

〈ぐ　お　ご　ご　ご　ご　〉

空間全体に響き渡る、地鳴りのような悲鳴！　今の血迫超仙弓が、この〈虚構時空〉にトドメを刺したことは明らかであった。

「やったあ！」

《おい！　見ろよ、あれを！》

ビスコが迫りくる街を指さす。どうやら虚構に生きる人間たちの魂が、仮初めの肉体を抜け出し、時空に開いた亀裂からどこかへ還ってゆくようなのである。

「……虚構の構築に使われていた魂が、還ってゆくんだ」

レッドがぽつりとつぶやく。危機的状況の中、しばしその眺めに心奪われていた三人の前に、柔らかな光に包まれたアムリィの姿が現れる。

『ビスコお姉さま……』

「アムリィっ!!」

『かならずわたくしの魂を救ってくださると、思っておりました。たくさんの人の魂が、錆神の戒めを解かれ、成仏してゆくのを感じます』

「…………そっか」

《おめーはどーなんだ。ジョーブツできるか？》

『……まあ、なんて可愛い！』

アムリィの魂はそこで、出しゃばるビスコの姿をみとめて、柔らかな笑みを向けた。

『あなたがビスコお兄様ですね。そちらのアムリィが、少し羨ましくなります』

《たまたま、いまカワイイだけだ。普段はおめーの二倍デカイのだ！》

「見栄はらないの！」

《わからんだろ、だまってりゃ！》

『うふふ！　二人仲睦まじいのは同じですね。あなたがたが幸せそうで、よかった』

少年たちと、アムリィを見つめて……

レッドはどう言葉を発していいかわからず、ただ救われたような己が心の内を、他人ごとのように感じていた。その目尻から一筋涙が零れるのを、慌ててぬぐう。

「アムリィ。あたしが必ず、錆神と決着をつける。だからさ、何も心配しないでくれ……」

『ビスコお姉さま』

決意の瞳を向けるレッドへ、アムリィは最後に心残りを打ち明ける。

『あまりご自身を追い詰めてはなりません。ラストを追うビスコお姉さまの、その血塗れの心のうち。わたくしはそれだけが気掛かりです。復讐の炎は確かに強いが、御身も同時に焼き焦がします。怒りの力ではなく、愛のそれを信じなされませ』

「……でも、みんな死んじゃった」

レッドは困ったような、諦めたような笑みで、アムリィへ返す。それはアムリィも、傍で見ている少年二人も、胸を締め付けられる悲愴な微笑みであった。

「もう誰もいないんだ。あたしを愛してくれる人」

『お聴きください。あなたはたくさんの人に愛されてきた。でも愛の本質とは、誰かから貰うものではないのです』

「え……？」

『あなたに一番必要な〝愛〟は』

アムリィは消えゆく身体で、レッドへ手を伸ばす。最後にお互いの、その指先がわずかに触れあって――

『すぐそばに。ずっと近くに――』

「何だって？　聞こえないよ、アムリィ」

何かとても大事なことを伝えられている気がして、レッドが必死にアムリィへと追いすがる。

「待って。待ってくれ、アムリィーッ！」

「危ない、レッド‼」

そこで、空から倒壊してくる塔を間一髪で避け、ミロとレッドは中空へ躍った。再び体勢を立て直す頃には、すでにアムリィの魂は空に還（かえ）った後であった。

「アムリィ……」

最後にアムリィが言おうとしたことを、レッドはすでに心の内に持っているのかもしれなかった。ただそれに思いを馳（は）せるたび、刺青（いれずみ）の熱が増すような気がして、それに立ち向かう恐怖が理解を拒むのだ。

（……無理だよ。無理だよ、あたしには……）

「レッド、しっかりして！　もうすぐこの虚構時空（サブナー・アカシヤ）は崩れる。早く帰る手段を見つけないと！」

《あれをみろっ。》キノコの小さな手で懸命に指さして、ビスコが叫ぶ。《空に穴が開いてるぞ。あそこにとびこめってことじゃないのか？》

なるほどビスコの言う通り、滅びゆくこの虚構時空（サブナー・アカシヤ）の空に、白時空で見た亜空間トンネルが顕現し、一同を誘うように輝いている。

「〈アカシャ・トリッパー〉だ。そうか、チロルとパウーが！」

「急ごう、レッド！　長くはもたない！」

「よし！」

時空と時空の間は亜空間で隔絶されており、もしも無策で放りだされれば宇宙に漂うのと変わりない。三人にとっては、チロルが作ったこの時空トンネルだけが唯一の活路であった。

《ミロ。おれにつかまっておけよ！》

「はいはい……」

三人は息を合わせて、エリンギの炸裂とともに大きく跳ね、元の時空へつながるトンネルへと飛び込んでゆく――

その直前！

『逃イイがアアすかアア――――ッツ』

「ああっ⁉」

滅びゆく出雲に響く怨嗟の声。

ミロの脚に絡みついたのは、虚構にこだわりいまだ成仏かなわぬ無数の信徒の腕……ひいてはそれらが構築する、〈肉世音菩薩二世〉である！

「「ミロ‼」」

時空トンネルの縁をひっつかみ、ミロの腕を引っ張るレッド。そして、

『きゅひははははは‼』

肉世音菩薩の頭頂部で嗤うのは、女僧正キュルモンである。

「キュルモン！　いや……お前は、ンナバドゥだな‼」

『うぉれを殺った気でいたのかよ、ばぁぁあかめ。代わりのボディなど、いくらでもあるのだ！』キュルモンの朗々とした声を借りて、羽虫の雄叫びが響く。『その小賢しいトンネル、

今すぐ閉じてくれる。やれ、肉世音!!』

「ま、まずい……!!」

ビスコがミロの頭上で戦慄いた。肉世音菩薩を構成する信徒一人一人が、邪の真言を唱えだすと、時空トンネルの穴がどんどん閉じてゆく。

《そいつらの念仏で、穴が閉じちまうぞっ。》

『〈アカシャ・トリッパー〉の対抗術式さ。ざまあみろ、きゅははははっ!』

「ミロ!! 早く脚をほどいて、こっちに来い!」

「だめだ。この肉世音を倒さないと、帰るまでトンネルがもたない!」

《ばかやろー! そんな時間がどこにあんだーっ。》

ミロはそう叫ぶビスコの身体を引っ掴むと、いちどき眼前へもってくる。そしてその視線をひととき合わせると、自分を支えるレッドへ向かって、小さなビスコの身体をぶん投げた。

《わ——っ!?》

「レッド! 僕がトンネルを護る。ビスコと先に行って!!」

「!? バカ、ミロ、よせ!!」

投げつけられるビスコを咄嗟に受け取って、レッドは困惑したように叫び返す。よもやこの時空と命を共にする気かと焦ったのだ。

「どういうつもりだ!? お前、一人で死ぬ気か——ッツ!」

「そんなわけないでしょ。死ぬときはちゃんと、道連れにするから心配しないで」

（えっ、怖……）

「ここには錆神(さびがみ)ラストが来ていない。それが心配なんだ」

真言(しんごん)のキューブを大きくきらめかせながら、ミロの瞳が強い意志をたたえて輝いた。

「僕らの留守を狙って、すでに攻撃を仕掛けてきているかもしれない！　だから先に行って。二人で力を合わせて、僕らの世界を護(まも)って！」

《よし。あとから来るんだな、ミロ！》

「とーぜん！」

「おいっ！　ビスコおまえ、そんな簡単に……!!」

《こいつがそうゆうんだから、そうなのだ。》ビスコは死地においてあっけらかんとそう言うと、レッドの髪の毛に潜り込んで、頭皮をぺちぺち叩(たた)いた。《おたがいをただ信じる心が、おれたちの弓矢なのだ。いくぞレッド！　みんなが待ってる！》

「……ようし、わかった!!」

ミロの「にこり！」とひらめく笑顔にレッドはひとつ頷(うなず)き、意を決して摑(つか)んだ手を離すと、時空トンネルの中に跳ね飛んでゆく。

「待ってるぞ、ミロ！」

「は〜い！」

その思い切った決断に一番面食らったのは、ほかならぬンナバドゥの方であった。

『な、なにぃ。相棒を見捨てるか！』

予想外の行動だったのだろう、慌てるあまり決断力が鈍ったか、肉世音（にくぜおん）はミロを握った手を離し、呪力をトンネルに集中させようとする。

『いかん、レッドどもを白時空へ返すな――』

「won（ウォン） / ul（ウル） / viviki（ヴィビキ） / snew（スネゥ）…」

『ああっ!!』

「成仏（じょうぶつ）、覿面（てきめん）!!」

一瞬でもミロから眼（め）を離すべきではなかった！　そうンナバドゥが察した時には、すでにミロの手には燦然（さんぜん）と輝く大斧（おおおの）が握られている。

「生命のみちびきよ。魂を、あるべきところへ！」

『やめろ!!　そんな華奢（きゃしゃ）な身体（からだ）で、この肉世音（にくぜおん）を砕けると思うのか！　――い、いかん、脱出!!』

「ジョ――ジ、」

「トマホォオク、」

「大　往　生　――ッツ!!」

どがんっっ‼

直上から振り下ろされるエメラルドの大斧！　その極大威力は肉世音の身体をつらぬき、そこにある全ての魂を解き放つように成仏せしめた。業深き魂は、それぞれが安堵をもって肉世音から立ち上り、宇宙に還ってゆく。

『うわわ――っ⁉　やめろ、逝くな逝くな！　なんてことだ。ラストさまよりお借りした、大事な魂たちが……』

すばやくキュルモンから抜け出した一匹の羽虫が、未練がましく魂たちに追いすがる。羽虫は昇ってゆくキュルモンの霊魂に一発のでこぴんを喰らって、『わああ』と呻き、ひび割れた時空の裂け目から亜空間に放りだされてしまった。

「やった……‼」

亜空間トンネルは接続の安定を取り戻し、すでにその出口を閉じたあとであった。無事に白時空へ帰ったであろう二人を想い、ミロは満足そうに頷いて……

「――それで、僕はどうしよう？」

一番最初に考えていなければならないことを、顎に手を当ててしれっと呟いた。

ミロの考えでは、

（僕のことだから、何かスマートなアイデアを思いつくはずだったんだけど……）

ということで、まあ楽観的なのは悪い事ではないにしろ、この場においてひとまず打つ手がないのは事実なのだった。

「まずいよ……！　ビスコ一人に、ぜったい子育て任せられないっ！　なんとか……なんとか生きて帰らないと……！」

必死に頭脳を回転させる、ミロの身体を……

その場を漂う無数の魂があたたかく包み込み、淡い光に発光させた。驚くミロの脳裏に、優しく涼やかな声が語りかけてくる。

（ミロ。わたしの力を使って）

「……！　この声は⁉」

（あなたに還るチャンスを、ずっと待っていたの）

過去、聞いた覚えのない――

しかし何よりも身近に感じられるその内なる声に、ミロは不思議な安心を覚える。そしてその声に導かれるように、掲げた真言のキューブを回転させはじめる。

（これであなたに託せる。わたしが辿り着いた、この宇宙のすべてを。）

「……ブルー‼」

自身の中で囁くのは、己の分霊！

双子茸のブルーその人の魂に間違いない。

（ミロ。あなたはきっと、誰の想像も及ばない力を手に入れるわ）

ブルーの切なる願いがキューブに流れ込めば、それを切っ掛けに周囲を漂う魂のすべてがそこに流れ込み、極光の塊となって輝く！

（わたしの分まで、ビスコを護って――‼）

かっ、と極光がはじけると、
崩壊しゆく出雲と入れ替わるように、新たな世界が二人を中心に顕現してゆく。そのまばゆいばかりの輝きは亜空間の中で渦巻く星雲となり、やがてゆっくりとその形を安定させつつあった。

＊＊＊

『な、な、なんだあ⁉　あの虚構時空は⁉』

一匹の羽虫が――

流星またたく亜空間のなかに浮かび、命からがら、小さな羽根を羽ばたかせている。

そのひ弱な身体は痛ましく傷ついてはいるが、それでもなお、ぎょろりと蠢く複眼に意思の炎が衰えることはない。

『時空をリサイクルして、新たな虚構を作り出しやがったのか。猫柳ミロのどこにそんな力が……？　いや、さては！』

ンナバドゥは心当たりを脳内で探り、『くそッ』と歯噛(はが)みする。

『双子茸(ふたごだけ)ブルーだ！　あの女、魂をうぉれの中に潜ませ、機会をうかがっていやがったな。とすればあの時空には、何かキノコ守りに利する秘密があるはずだ』

それまで出雲(いずも)のあった亜空間には、今や新たな虚構時空(サブナー・アカシャ)が誕生し、白い光を発して銀河のように渦巻いている。

猫柳(ねこやなぎ)ミロは放っておいて、レッドを追ったほうがいい気もしたが、ンナバドゥの脳裏にはどうも捨て置けぬ疑念が残った。

『――何を企(たくら)んでるか知らんが、ブルーの企(たくら)みならば放っておけねえ。虚構の扱いならうぉれが上手、都合よく書き換えてくれる！』

ンナバドゥはその凄(すさ)まじい執念深さでミロに狙いを定め、その輝く新たな時空を書き換えるべく、羽音を立てて飛んでいった。

幕間

ん〜、むにゃむにゃ…………。

……はうあっ⁉

い、今のは、夢⁉

なんてこと。夢の中では、ビスコさまがお姉さまで、わたくしがもう霊体で、お父様は相変わらずで……なんともいえぬ、リアルな夢でしたの。

――お待ちになって。と、ということは⁉

鏡！　姿見はどこですの⁉

…………。

あ〜もう、何てことですの。

さきほどまで、パリコレモデルも羨む高身長だったわたくしが。

もとのちんちくりんに戻ってますの‼

エ――――ン‼

10

「ああっっ⁉」

「どうした、チロル‼」

時空モニターが、変異を感知して映像を更新する。

白時空に咬み付いていた虚構時空(サブナー・アカシャ)の表示が、完全に消失したのだ。状況の安定を見て取って、チロルが歓喜の雄叫び(おたけ)をあげる。

「亜空間上から、虚構時空(サブナー・アカシャ)の消滅を確認っっ‼」

「私にわかるように言えっ！」

「勝ったんだよ、ミロと赤星(あかぼし)が！」万霊(ばんりよう)テツジンのコクピット内で、パウーの横に座るチロルが、ばしばしとパウーの背を叩(たた)いた。「現実を乗っ取ろうとする虚構の世界は消え去ったんだ。あたしたちが消える心配はもう、ない！」

「うむ……！」

一方、座禅の姿勢でテツジンにエネルギーを練り続けるパウーは、瞑想(めいそう)を続けながらも、少年たちの勝利に安堵(あんど)の息をつく。

「よかったね。弟も旦那も帰ってくるよ！」

「心配などしていない。もとより、わかっていた勝利だ」

「嘘つけよ！　心ここにあらずだったくせに」

「亭主殿だって、なんとしても生きて帰ろうと思うだろう。だって帰りさえすれば、この貞淑美貌の妻が待っているのだからな。あなた、お帰りなさい。お食事になさいますか、瞑想になさいますか――」

　悦に入ったパウーの独り言を遮って、チロルが座禅を組む足の裏を突いた。パウーは両目を剝いて「おぎゅあー！」と呻き、痺れ切った脚を抱えて悶絶する。

「ち、チロル、ではもう座禅はいいのだな。私ももう、足がしびれて！」

「まだ駄目。あいつらが帰ってくるまで、時空トンネルを開けておかなきゃ。ほら、しっかり瞑想を続けて！」

「ウェーン！」

　普段は天然不遜のパウーを合法的にいじめられるとあってチロルも満足気であったが、不意に響くヘッドギアのアラートに再び表情を引き締めた。

「む！　何かが、高速で亜空間を泳いでくる！」

「三人が帰ってきたのだ。さあ、時空の穴を開こう！」

「ようし！　せーの！」

「「ランチ！　アカシャ・リターナーッッ!!」」

万霊（ばんりよう）テツジンが八本の腕を躍らせて印を結べば、大気の脈動とともに時空に帰還ゲートが出現する。崩壊した虚構時空（サブナー・アカシヤ）から退避してくるビスコ一行が、間もなくここを潜（くぐ）ってかえってくる──

はずが、

「…………？」

パウーは精神力でテツジンを操りながら、近づいてくるエネルギーの正体に違和感を覚えた。そして、それがどんどん鮮明になるにつれ、

ぞくり！

と総毛立ち、危険にその両目を見開いた。

「チロルッ!! これはビスコたちではない。ゲートを閉じるぞ!!」

「ええっ⁉」

「ターミネイト！　アカシヤ・リターナ──！」

有無を言わさぬパウーの操作により、空間に開いた帰還ゲートが一瞬で閉じる──しかしその寸前に、そこにスルリと滑り込んできた片手と片足が、ちょうど子供一人分のサイズにそれを食い止めた。

「ああっっ⁉」

凄（すさ）まじい力で閉まりゆくはずの帰還ゲート、それを全く意に介さず支えながら、その少年は

キョロキョロと周囲を見回し、大きく息を吸いこんだ。

「美しい世界であることか。」

「………なんと、」

「……きれいだ。」

「赤星たちじゃないっ!! あのガキは一体!?」

「容姿で侮ってはだめだ！」パウーは全身に脂汗を浮かべながらも、抑えきれない怒りを声に滲ませた。「奴こそ〈錆神ラスト〉！　黒時空より、我らの世界を食い荒らしに来たのだ。あれこそ森羅万象の命を弄ぶ、禍つ神だッ!!」

「なぜ、倭を追い出そうとする？」

ラストは抵抗を続ける万霊テツジンを見つめながら、無表情に小首をかしげる。

「歓迎し、隷属せよ。倭はおまえたちの、願いを叶えにやってきたのだ。」

「誰が、あんたなんかに――」

チロルがコクピットのモニター越しに、ラストと視線を合わせた瞬間。なんとコクピット内部に膨大な量の金銀財宝が湧きだし、金の海となってチロルを呑み込んだ。

「わわっ、わ、お、おかね――っっ!?」

わずか一瞬の視線の交錯で、チロルの願いを嗅ぎ取ったものらしい。ラストがわずかに意識を向けるだけで、一生あっても使いきれない財宝の山が、湯水のように湧き出て来るのだ。

「おひゃ――っっ‼ ぬれてにあわ～っっ‼」

それら財宝の噴水の上で泳ぎ、金色の瞳を輝かせて大はしゃぎするチロルだが、

「こらー、チロル！ 大僧正さまが泣くぞっ！」

パウーの声にはっと我に返ると、チロルにとっては尋常ならぬ意志力で、「ぐぎぎぎい～っっ！」と歯を喰いしばり、その金銀から身体を引きはがした。

「て、てめえ～っ、ば、馬鹿にすんなよっっ！」

「ほう。」

ラストは予想と違う結果にわずかに顔色を変え、興味深そうにチロルを見る。

「気に入らないはずがない。たしかに、お前の願いを転写したはず。」

「こんなの気に入るに決まってんだろ。でもあたしたちは、自分の力で願いを叶えて生きてきた。他人に叶えてもらう夢なんて、もとより願い下げなんだよ――ッ‼」

「よく言ったぞ、チロル！」

パウーは親のように（年下のくせに）大きく頷きながらも、

「さあ、ポケットの金塊を戻すのだ。大丈夫、見なかったことにしてやる」

「隷属せよ、人間。」

（く、くそが……）

しっかりチロルの手癖は把握していた。滝のような汗をこぼすチロルが、パウーの目ざとさを恨みながら、ポケットの中身を捨てる……。

それを錆神(さびがみ)は感心したように見つめながら、

「……〈願い下げ〉か。」

無表情だった顔に、わずかに微笑(ほほえ)みを浮かべた。

「他者に施される願いなど、要らぬというか。力なき人間の、ほんの一匹ですら、かような高潔な魂を持っているとは──」

「来るよ、パウー！」

「応！」

「この時空。ますます、蹂躙(じゅうりん)するのが楽しみになった！」

ラストはそう言って、片手の人差し指を、ふらりとかざす。その指先から爪がはがれ、小さな歯車となって、ふわふわと飛来してくる。

「な、なんだあ？」

チロルが拍子抜けした次の瞬間、

「──!!　チロル、危ないッ!!」

チロルを抱き締め、コクピットから飛び出すパウー。その背後でテツジンに着弾したラストの爪弾は、ばがんっ！　と万霊テツジンの無敵装甲をいとも簡単に炸裂させた！

「「ああっっ⁉」」

まるで、キノコ矢がキノコを咲かせるのと、同じ有様。

ラストの爪はテツジンに食い込んだあと、その体内に無数の歯車を咲かせ、内側からそのボディを喰い破ったのだ。

「そ、そんな⁉　万霊寺の最終兵器が！」

「これが、錆神の力‼」

髪をひらめかせて着地すると、パウーは地面に崩れ落ちるテツジンの身体から、鉄棍がわりに指の骨を一本抜き取った。それを手に馴染ませるようにぐるぐると回し、背後のチロルに声をかける。

「チロル、援軍を呼べ！」

「もう救難信号を出してるよ！　あたしたちも逃げ……パウー、あんたまさか⁉」

「奴をここで食い止めねば、我々の白時空は終わりだ。私には息子持つ母として、未来を拓く義務がある！　チロル、お前だけでも安全な場所へ！」

「ええ——いっ、それ以上言うなっっ‼」

チロルはパウーの言葉を遮って、冷や汗に塗れた頭をぶんぶんと振って恐怖を払うと、万霊寺の叡智を司る『頭脳くん』を被り直した。

「あたしが援護に回る。速攻で決めよう！」

「チロル!!」

「世界を滅ぼされちゃ、稼いだお金も使えない」中空に腕を組むラストを見上げて、チロルの科学力がシティ・メイカーの術式を練り上げる。「錆神は、白時空じゃそもそも誕生できなかった。あたしたちが必要としなかったからだ！　ビビることないよ。一般市民の底力、見せてやろうよ！」

「──うむ！」

「高潔なり、人間。」

少年の声が、楽し気にささやいた。

「その凜々しき誇りがへし折れ、倭に媚びへつらう様……今から、楽しみだぞ。」

「だまりな、サドガキっ！」

「そんなに誇りが好きなら、くれてやるとも。この一撃こそ、我らの……否、人類の！　魂の尊厳賭けし一撃なり！」

「ランチ！　シティィィ・トレインッッ!!」

ばんっ！　とチロルの掌が地面に打ち付けられると、荒野の大地を割って最大車速の山手線が伸びあがり、凄まじいスピードでラストへ襲いかかった。空中でとぐろを巻く鋼鉄の蛇は、少年サイズの神へ向けて戸惑いなく噛みかかる！

しかし、

「もう見たぞ、これは。」

ラストがその細い腕を掲げ、眼前に小さな歯車を出現させただけで、フルアクセルの山手線(やまのてせん)はまるで紙細工か何かのように左右に引き裂かれ、少年に触れることすらかなわない。

「倭(わ)を、退屈させるな——」

「お望みどおりにッ！」

「してやるぞッ、錆神(さびがみ)ィィ——ッッ‼」

「む。」

声は、空中を浮遊するラストの更に上方。山手線(やまのてせん)の背に乗って空中へ躍り上がったパウーが、その鉄棍(てっこん)を大きく振りかぶっている。

「いくよっ！　ブート・シティ・トランスレイション！」

「うおおお——っっ‼」

チロルが追加の術式を切れば、砕け散った山手線(やまのてせん)は次々にパウーの鉄棍(てっこん)に吸収されてゆき、その形を〈東京タワー〉の大鉄棍(てっこん)へと変貌させた。

「いけえっ、パウー！」

「乾(けん)　棍(こん)　一(いっ)　擲(てき)　‼」

黒髪が宙に尾を引き、一つの直線となって跳び上がる！　パウーは人類の存亡を賭けた東京タワーの棍を、ラストの脳天めがけて叩き下ろした。

「大都市棍！　おろち咬みィィ────ッッ!!」

轟音と共に咬みつく、黒蛇の大顎！　母となって一層のキレを見せるパウーのおろち咬みは、ラストの首筋へ、極大威力の初撃を振り抜く。

ラストはそれに、無感情に回る歯車圏を合わせるも──

「……！」

ずばんっ！

歯車圏に粉砕されるはずだった大都市棍は、ラストの肩口を喰い破り、右腕を完全に寸断してしまった！

「──おお？」

「千切れ飛べ──ッ!!」

おろち咬みの真髄は、初撃の反動で真逆から相手を捉える、まさしく大蛇が嚙みちぎるような一瞬二撃。初撃のダメージで回避ままならぬラストへ、追撃の二撃目が炸裂し、

ずばんっっ!!

その身体を無数の錆の欠片に粉砕せしめた！

(捉えた!!)

完璧な手応え。

何しろラストの身体は完全に分解し、八方へ飛び散っている。人間の誇りの力が、ついに魂を弄ぶ錆神の力を上回ったのだ。

地上にいるチロルへ、やったぞ、と笑顔を向けるパウーだが、

「パウー‼　だめ、危ない‼」

「何……？」

「そいつ、まだ――」

チロルの言葉が終わる前。

パウーの背後、砕け散った部品を集めて再生したラストの片腕が、そのままパウーの喉首を引っ掴み、地上へ向けて落下したのだ。

どがんっ！

「ぐはあっ⁉」

「パウ――――ッッ‼」

「たいした、ものだ。」

盛大に上がる白煙の中で、ラストがこきりと首を鳴らす。修復途中の身体に次々と細かなパーツが組み上がり、ふたたび少年のかたちを成してゆく。

「ば……かな……！」

「まったく驚かされるな。人間の身体で、どうやって倭の身体を砕いた？」

「確かに、殺した、はず……！」

「死んださ。」

ラストはパウーの握る大都市棍をしげしげと眺め、わずかに強く握っただけで、それを粉砕してしまった。

「だからもう一度産まれたまでだ。」

「う、産まれた、だと……‼」

「錆神とはそういうものだ。喰った魂の数だけ、産まれなおすことができる。」

至極当然のことのように出て来る言葉に、パウーの瞳が震える。ラストはラストで、パウーの人間を越えた意志力に感服しているようであった。

「倭がいちど死んだのは事実なのだから、おまえ、神殺しを名乗ってもよいぞ。」

「うおおーっ‼　パウー‼」

チロルが決死のちょこちょこ走りでパウーの襟首を引っ摑み、全身を使って地面を引きずってゆく。ラストは特に追うでもなくそれをただ眺めている。

「がはっ、げほっ！　な、なんということだ……」

「あんた、大丈夫なの⁉」

驚くことに、パウーはその人間ばなれした頑丈さで先の攻撃に耐え、命に別状はないらしい。

ただ肉体的なダメージはともかく……

「たしかに殺すことはできた。しかしその先、〈死〉そのものを越えられては、」

精神が受けた打撃は甚大だ。今の一幕で、錆神との〈存在の格〉を悟ってしまったらしい。

「われら定命の人間に、もはや打つ手はないぞ！」

「あいつ、物理的に倒しても、意味ないんだ！」チロルは半ば絶望に身体を奮わせながら、パウーの頭を抱き寄せる。「腹ん中に魂をため込んでる限り、何度でも転生されちゃう。そんなやつ、どうやって倒せって言うの……！」

「いささか、あきらめが早いな。」

ラストが他人事のように言う。

二人とも、ラストがその気になれば、すでに殺されているのだ。今この場に生きながらえているのは、パウーとチロルの誇りを弄ぼうという、気紛れにすぎない。

「まだ、棍のひとつが砕けただけだろう。『やってみなければわからない』。おまえたちキノコ守りどもの、口癖ではないか？」

「あ、あいつ、遊んでいやがる……‼」

これまで一縷の希望にかけて挑んできたキノコ守りたちの心を、悲痛な現実とともにへし折ってきたのだろう。ラストの口ぶりには、人間をただのおもちゃとしか思っていない、サディスティックな傲慢さがにじみ出ていた。

「だめだ、一旦逃げよう、パウー！」

「……二人同時には、逃げきれん！」

パウーはひととき大きく深呼吸すると、決意の眼差しを見開いて、テツジンの残骸からもう一本の鉄骨を引き抜く。

「口を開けば息子だ、旦那だ弟だと、私の勝手な話をよく聞いてくれたな。……私、嬉しかった。チロルが、友達でいてくれて……」

「——嘘でしょ。あんた、何言い出すの!!」

「行け、チロルッ！　このパウーのぶんまで、生き抜けッ!!」

差し出すチロルの手を払い、地面を蹴って、パウーの身体が空中へ躍った。悠然と構えるラスト目掛けて、乾坤の一撃を振り下ろす。

「けええええりゃあああ——ッッ!!」

「ふむ。」

腕を組んだまま、どんっ！　と蹴りだすラストの爪先が、ライダースーツの鳩尾を捉えた。

「がぼっ!?」と嗚咽するパウーの背中を、今度はカカト落としで蹴り落とす。

「ぐあああ——っっ……」

「先に比べて、ずいぶんとキレが鈍いではないか。」

痛みに歯を喰いしばるパウーの顎を爪先でしゃくって、ラストが首を傾げる。

「あるいはそれとも、心の内で敗北を認めているのか。夫も子も捨て、身も心も倭に隷属したくなったのか？」

「だれ、があぁ――っっ……!!」

パウーが身体を跳ね上げて放つ、不意打ち気味の第二撃！　しかしラストは大口を開けて鉄棍に咬みつくと、首の力だけでパウーを大地に叩きつける。

「がはあぁっっ……」

「なかなかしぶとい。しかしゆっくり愉しむとしよう、みんな最後には言うのだ……御前に傅くことをお許しください、とな。」

そして始まる、錆神のいたぶるような、攻撃に次ぐ攻撃。

「があっ⁉」

「ぐわあっ、」

「きゃあぁあ――っっ……!!」

パウーがぼろぼろになってゆく。

なまじ頑丈なその身体が災いし、凄惨な攻撃をいくら受けても気絶できないのだ。

（逃げなきゃ。逃げなきゃ、あたし……!!　ここに居たって、何もできない！）

その状況で、チロルは。

（なんで、脚が動かないの。今まで、何もかも割り切って生きてきたのに。ここで逃げなきゃ、何もかも無駄になっちゃうのにっっ!!）

チロルは眼に涙をいっぱいに溜めて、立ち上がれない自分の脚を何度も叩きつけた。嚙みしめた唇から血がこぼれ、震える顎を伝ってゆく。

「誰か……」

「誰か、助けて……」

「その子、あたしの、友達なの。」

「貯めてるお金、ぜんぶあげるから……！」

「あたしの大事なもの、全部あげるからっ！　だから、」

「誰か、パウーを助けてぇ——っっ!!」

（チ、チロ、ル……!!）

「まだ居たのか、あれは。」

パウーを痛めつける手を止め、ラストはチロルの叫びを認める。そして何かを思いついたように愉悦の笑みを浮かべ、片腕の歯車圏をチロルへ向けた。

「女。おまえの魂を折る方法を、思いついた。」

「⁉　ま、まさか、やめろっっ！」

「錆神に、隷属するか？」

「するっっ‼　隷属します。何でも言うことを聞くから、だから――」

「なら口を出すな、豚めが。」

肉は破け骨は折れ、いかなる痛みにも耐えてきたパウーの顔が、そこで一気に青ざめる。その有様を見て、ラストの顔についに愉悦の笑みが浮かんだ。

山ひとつ吹き飛ばす威力の歯車圏が、無慈悲にもチロルの小さな身体へ向けて、

「あれがコナゴナになる様、よく見ておけ。」

どがんっ、
と、発射される！

「チロル――――ッッ‼」

パウーは恐慌に染まり切った表情で、それを見つめて――

ふと、
血のにじむ視界の端に、ほのかな虹の輝きを認める。

（……あれは⁉）

「菌　斗　雲　ー　っ」

虹は胞子の尾を引いて凄まじいスピードで迫り、射出された歯車圏とチロルの間に、流星

のように着弾する！

（この、超信力のかがやきは!!）

「大菌棍奥義っ、」

「八竜棍！」

「サンサーラ・ヒット────っっ!!」

がきんっっ!!

なんと、虹色にかがやく小さな人影が、その手に握った大菌棍を振り抜いて、チロルを襲った歯車圏を打ち返したのである!!

「────!?!?」

自身の得意武器をまさか反射されるとは思わず、ラストは他人事のようにそれを眺めていたが、とんでもないスピードで襲い来る自身の歯車圏を避け切れずに、そのままはるか後方の山脈にまで吹き飛んでいく。

どがあん……。

ラストが着弾した山肌が崩れ、大地に白煙が上がった。

「ほ────むらんっ！」

きらりん！　と、得意げに首位打者のポーズを決めて、7歳児の元気いっぱいな身体が誇らしげに躍動した！

「菌神シュガー、年俸百兆日貨なりっ」

「シュガ――――ッッ‼」

「しゅ、シュガ〜〜……」

チロル消滅の寸前に、世界最強の幼児・菌神シュガーが完璧なタイミングで駆け付けたのであった。へたり込むチロルの一方、パウーは身体中の骨折も忘れてシュガーに駆け寄り、その身体を抱き締める。

「来てくれたのか！」

「救難信号は受け取ったけど、場所がよくわかんなくて」

シュガーはお手製のキノコ受信機（どういう理屈で電波を捕まえるのかわからない）を見せながら、へたりこむチロルの頭を「よーしよし！」と撫でた。

「でも、チロルおばちゃんの声が聞こえたから、ぎりぎりまにあった！」

「おば……おいっ、おねえちゃんて言え‼」

「おかねぜんぶあげるから、パウーを助けて！　って」

シュガーはにっこりと微笑み、チロルの真心に対し、慈愛の表情を向ける。

「すごくピュアな心の力が、大菌棍に伝わってきたの。だからあのホームランは、チロルおねえちゃんのものでもあるんだよ」

「ふ、ふん……」

「じゃ、やくそくどおり、おかねぜんぶください」

「えっ！！！」

「にゅははは！　うそぴょ〜い」

「……こいつ、やっぱあいつらのガキだわっ！」

怒り狂うチロルを後目に、シュガーがパウーの傷を一撫ですると、舞い散るナナイロの胞子が瞬く間にパウーの傷を癒やし、折れた骨もつながってゆく。力を取り戻したパウーはチロルを抱え、シュガーに向き直った。

「私たちは、ビスコが還ってくる亜空間トンネルをもう一度開けなければ。シュガー、姪にこの場を任せるなど、心苦しいが……」

「なーにいってんのお。菌神シュガーは地球のお母さん。生きとし生けるものを、守護する使命があるのだっ！」

シュガーは話は終わったとばかりに超信力の胞子をひらめかせ、パウーとチロルの眼前に、キノコでできた大型二輪を『ぼんっ』と咲かせた。

「これに乗って。安全なとこまで逃げて！」

「うむ。頼んだぞ、シュガー！」

「あんたもやばかったら逃げなよ！」

胞子の排気を撒き散らすキノコ二輪のアクセルを全開にし、パウーとチロルは髪をなびかせて地平線の向こうへ去ってゆく。

「まーったく。過保護なんだからあ」

シュガーはしばらくそれを見送って——

「！　大菌棍っっ‼」

超威力の歯車圏が続けざまに襲い掛かるのを、旋風の大菌棍ではじいた。歯車圏が持主のもとへ戻ってゆけば、

「おまえ、何者だ？」

最初からダメージすらなかったかのように、けろりと完全に再生したラストが、中空に浮かんでいる。

「高潔な魂の、へし折れる瞬間。一番たのしいところを、邪魔してくれたな。」

「邪神よ。いのちの尊厳を、ふみにじるのがおまえの歓びか？」

幼児の身体に神の威厳を宿して、同じくシュガーも菌斗雲で浮き上がる。

「この世界の全てのいのちは、ひとしく我が子なり。子を辱められた母の怒り、すぐ身をもって知ることになろう！」

「おまえ、人間ではないな。」

ラストはそこで、シュガーの瞳の奥で輝く神格を認め、表情を引き締めた。

「倭は、錆神ラスト。願いの神なり。おまえは？」

「菌神・シュガー！」

ぶんぶんぶん、びしっ！　と大菌棍を正面にかまえて、

「生命の未来を預かりし、繁栄中庸、キノコの神であるっっ!!」

菌神シュガーがラストの前に仁王立ちになる。それは全生命を預かる神たる自覚と、眼前の圧倒的脅威からそれらを護ろうとする決意の表明でもあった。

（菌神、シュガー。）

ラストの脳裏に、自分の腕の中で眠っていた赤子の姿がかすめる。

（なるほど、こいつが……。）

「シュガーの超信力に叶えられぬものなし。錆神の奇跡の力と、どっちが上か！　勝負といこうじゃねえかあ――っ!!」

「蝿が言っていた脅威とは、これのことか。」

戦において無敵である錆神の、唯一の懸念点。

それは同じ〈神〉と戦った経験がないことであった。錆神の万願成就の力と、菌神の超信力、それは本質的には同じものであり、ぶつかりあえばどうなるかわからない。

「――緊張、しているのか、倭は？」

しかし、錆神ラストは、自身の退屈さを打ち消す最高の舞台に、言葉にできぬ歓びを覚えた！

「あるいは、負けるかもしれぬと……億にひとつでも、敗れるかも知れぬと思っている。久しくなかったことだ……いや、初めてと言っていい。」

「いくぞっ、大菌こ――んっっ!!」

「来い！」

ばきんっ！　と撃ち合わす、大菌棍と歯車圏。

ラストの表情が興奮に笑う！

「もっと倭を怯えさせろ。必死にさせるのだ、シュガー！」

「上ォォ等ォだああ――っっ!!」

滅びの神と生命の神、滅亡か繁栄かを懸けた神話の一節が、今ここに始まったのである！

11

吹きすさぶ氷風。

刺すような雪の冷たさにビスコは目を覚ました。

《ウ～～ン……。》

何か赤い草むらのようなものの中にいる……とぼんやり思って、それがレッドの髪の毛であることに気が付く。ビスコはそこでようやく、まだ自分がキノコであることに思い至り、もぞもぞともがいておでこの上に這い出した。

《おう、ぶじだったか、レッド！》

「…………。」

《ここはいったい……うおおっ⁉》

ビスコは上空を見上げ、そして驚愕した。

空であるはずのものは、まるで宇宙のような暗黒をたたえて永遠に広がっており、星々の全てが流星のように尾を引いて後方へ流れてゆく。

亜空間トンネルから見上げる、筒状の宇宙である。

つまり雪と氷の吹き付けるこの空間こそ、白時空へと続く道の途中であるということ。戦慄くだけのビスコにも体感でそれは理解できた。

「白時空で何かあったんだ。出口がふさがって、うまく転移できなかった」

《それじゃ、おれたち、遭難したのか⁉》

「いや。みんなが、橋をかけてくれた」

レッドが白い息を吐き出しながら、つぶやく。

その足取りは積雪に取られて重いが、決して止まることはない。《みんなが……？》とビスコは疑問に思いながら、レッドの身体の異変に気が付く。

《あれっ。お前、イレズミはどうした？》

「道になった。いま、その上を歩いてる」

《なんだって⁉》

ビスコは驚いて、レッドの歩みゆくはるかな道を見据える。

なるほど切り立った氷崖のようなその道は、個々の刺青の紋様が複雑に絡まり合って出来た地形らしく、この流星が過ぎるだけのトンネルに、まさしく橋をかけている。

「ここを、征けば……」

《かえれるんだな。もとの世界に！》

確証はなくとも、そうであることは二人にはわかっていた。できることは歩き続けることだけ、レッドは延々とその道を進み続ける……

が、しかし。

《おわっ⁉》

がくん！　と崩れ落ちるレッドの身体から、咄嗟にビスコが雪原へ跳びのいた。レッドはらしくもなく氷塊に足をとられて倒れ、その長い髪ごと雪原に埋まってしまう。

《だいじょぶか、レッド！》

「うるせえ……」

《こごえてる。唇が真っ青だ！　そうか、刺青がなくなったから……》

今までであれば、レッドの刺青が持つ灼熱が、氷雪などものともしなかった。しかし今はただ剝き身の一人の少女に過ぎないのだ。

《どうしよう。何か打つ手はねえのか。おれに何でも言えよ！》

「黙ってろ……‼」

ぎぎぎ、と己の身体を持ち上げ、立ち上がるレッド。

寒さだけではない。何か異常な疲労感、徒労感が、その両肩に重くのしかかり、その巨軀から力を奪っているのである。

（……この、ままじゃ。みんなを裏切っちまう。こんなところで、死ぬ、わけには……）

レッドは光の消えた眼でビスコを引っ摑み、眼前へ持ってくる。きらきらと輝くキノコの瞳のまぶしさに、わずかに目を細める。

（……こいつを、）

（今、こいつを、）

（喰ってしまえば……）

《おれを喰え、レッド！》

「!!」

核心を突かれて、レッドはびくりと固まった。

《悔しいが今のおれじゃ役に立たん。でもお前の刺青になら、なってやれるぞ！》

「……てめえ、自分が何を言ってるかわかってんのか。おまえが死んで、ミロはどうする。シュガーはどうなる!!」

《おまえが護るんだ。そういう約束だろ!!》

眼前の小さいものが、妙に毅然とそう言うものだから、少女はまったく言い返す言葉もなく立ちすくんでしまった。

《このままじゃ二人とも死ぬ。だったら歩けるおまえに、おれの命をやる！》

「………。」

《おいっ！　悩んでる間に、凍えちまうぞ！》

「けッ!!」

レッドはその問答で、わずかな灯を心に灯したらしく、ビスコを髪の毛に突っ込んでぶっきらぼうにまた歩きだした。

「いよいよとなったら喰ってやるさ。だがあたしにだって、喰いモンを選ぶ権利はある」

《なにい!? どういうことだよ!?》

「腹壊すってのさ。おまえなんか食ったら」

《なあんだと～～!!》

ビスコは《プンプン!!》と怒って見せるが、前進を再開するレッドの体力低下は明らかだった。吐く息はただ白く、錆喰いの太陽の胞子すら、引っ込んで出てこない。

《む～～。……よし、そうかっ！》

ビスコは思いついたようにポンと手を打って、何を思ったか、その全身に強烈に力を入れ始めた。やがて錆喰いの胞子をどんどん湧かせ、湯沸かし器のように湯気を上げ始めたビスコは、その温度のままレッドの首筋を滑り降りてゆく。

「おぎゃあ!? あっち――いっっ!!」

《ホッカイロだ。おまえ、心臓はどこだ？》

「あたしを何だと思ってんだ!?」

《ようし》

ビスコはレッドの胸の間にすべりこみ、己の熱でその巨軀を温めはじめた。はじめは不気味がったレッドだが、送り出される血液が指先へめぐるに従って、凍えていた感覚がだんだんと回復してくるのを感じる。

「おまえ……」

《おれにも出来ることがあったよ～だな。》

ビスコはそう言うものの、発熱し続けるのがどうやらかなりキツいらしく、へらず口を叩く声も震えている。

《さあ、いこう！》

「………。」

《どうした⁉　すすめ！》

「はっ。命令すんな！」

レッドは自身に温かさが戻ってくる過程で、心の余裕もいくぶん取り戻したようだった。気まぐれに指でビスコをピンと弾いて、

《んぎゃぼ！》

「あははは……」

ちょっかいをかけると、また意志を新たに、時空の氷河を歩み進んでいった。

12

「──猫柳君。猫柳くん？」

ぼんやりと、

視界が戻ってくる。ミロはうつろな目を講堂に座る生徒たちに向けて、しばし何事が起きたのかと、ぱちぱちと眼を瞬いた。

「どうしたのかね？　発表を続けたまえ。興味深い内容だぞ」

教授に促されて、ミロはようやく、大学生の本分を思い出す。

「──は、はい！　では、〈アポロ粒子の実用化に関するレポート〉、続けます」

急にどうしたことか……

よりによって論文課題のプレゼン中に、意識が飛んでしまったらしい。ミロはひとつ咳払いして襟を正すと、気を取り直して、プロジェクタから映される資料を指し示した。

「アポロ粒子の構造上の欠陥は数多く指摘されましたが、先だって東京大万博での、テツジン初号機の稼働実験はみごとに成功。アポロ粒子が人間の願いを叶えうるエネルギーであることは無事に証明されました。しかし、」

試験助手に目配せすると、資料のページが変わる。

「同時にアポロ粒子が力を持ちすぎれば、粒子そのものが意識を持ち、人間を支配するようになるのでは？　と、実用化に反対する意見も根強くあります」

「それはつまり、どういうことかね？」

「大袈裟な言い方をすれば、」

ミロはわざとらしくタメを作って、涼やかな声で続けた。

「人間を奴隷とする、〈願いの神〉が生まれるかもしれない、という懸念です」

学生たちから感嘆の声が漏れる。

万願成就のエネルギー・アポロ粒子による社会変革といった議題は、若者たちにとって今もっともホットな話題であると言っていいだろう。

「アポロ粒子は可能性に満ちながらも、社会構造そのものを変えてしまう危険を確かに孕んでいます。しかし地球資源の枯渇が叫ばれる今、勇気を持って実用化に踏み切っていくことが、僕たち世代の責任と考えています」

以上です、とミロが一礼すれば、

「素晴らしい！」

教授陣がお互いを見回し、頷いた。

「奇跡の未来エネルギーが持つ光と闇……タブーに切り込む鋭い視線だ」

「猫柳くんのプレゼンに間違いはないな」

「文句なしの進級だ。学生の皆も、彼を見習うように！」

ミロはサービスのスマイルをひとつすると、拍手の中を席まで戻って、不思議な違和感に眉をひそめた。

よりによって登壇中に。白昼夢でも見たのであろうか？　しかしその内容すら、ミロには思い出せないのである。

「それでは本日は以上ということで」

「今年の学生諸君も優秀ですな」

「来週発表の生徒は、前々日までに副手へ資料を提出するように。では、解散」

必修単位を懸けたプレゼンは終わり、学生たちは各々席を立って教室を出てゆく。首をひねりながらハンドバッグに荷物を整理するミロへ、

「大したもんだな、ミロ」

隣席のビスコが話しかけてきた。

「よくああまで口が回るもんだぜ。普段からあんなこと考えてんのか？」

「まさか。アポロ粒子の研究開発は、うちの大学が先駆けだからね。教授の気に入りそうなこと、見繕って言っただけ」

「うげ〜〜！」

「社会的評価の秘訣はウソにありだよ」ばちーん！　とウインクが決まる。「そういうビスコ

は、来週プレゼンでしょ。ちゃんと準備できてるの？」

「準備もなにも、」

ビスコはなんだかばつが悪そうに頭を掻いて、周囲を見回して声を潜めた。

「お前が作った資料読むだけじゃねえか。別になんもしてねえが」

「駄目だよ！　教授に質問されたらどうするの？　アドリブが利くように、念入りにシミュレーションしておかないと」

「だったらそもそも、最初から自分で……！」

「ビスコの卒業は、僕が責任もって保証するからね。また僕の家で特訓しよう！」

ミロはお喋りの楽しさに、先ほどまでの違和感など吹き飛んでしまって、親友の腕を掴んで一緒に講堂を出てゆく。

〈新東京生命科学大学〉、通称〈東生大〉での生活も、残り一年。

ミロとこの赤星ビスコは入学当初から意気投合して、ミロが半ば一方的に世話を焼くような形で、厳しい進級課題を今日までクリアしてきたのだった。

「ねえビスコ。今月の31アイス、もう食べた？」

中庭を横切りながら、ミロの声が楽し気にはずむ。

「甘いの好きだなーお前。一人で行かねえよ、そんなとこ！」

「じゃあ一緒に行こうよ！　クッキー&クリームと、ジャモカアーモンドファッジのダブルが僕の鉄板なんだあ。パウーはね、抹茶と大納言あずき――」

ミロが振り返り、ビスコと視線を合わせる、その上空……

「⁉　ビスコ、危ないッ！」

「おわっ⁉」

大学上階の窓から、突然薬液をたたえたビーカーがいくつも落下し、二人の頭上めがけて襲い掛かったのだ。咄嗟に腕を引いたミロにより少年たちは間一髪それをかわすも、ビーカーは音を立てて割れ、道路に薬液をぶちまける。

それは……

おぞましく白煙を上げて地面を溶かす、濃硫酸であった！

「いてて。おいミロ、急にどうしたんだよ！」

「だ、だって、これって……！」

「あちゃー！　お前ら、大丈夫か～？」

窓から身を乗り出して、へらへらと先輩が笑いかける。

「いま実験中でな。ちょっと手が滑ったよ。悪かったな～」

「ちょっと手が、で済む話じゃ！」

「気ィつけてくださいよ、先輩」

「……ええっっ⁉」

驚いたのはビスコの反応だ。すんでの所で命が助かったのに、さも今の一幕が、日常的に珍しくもないような素振りなのである。

「行こうぜ、ミロ。どうした？」

「えっ、う、うん……」

親友のその素振りを見ていると、不思議なことに、自分が何を疑問に感じていたのか思い出せなくなった。ただ白煙を上げる薬液と地面が、得体の知れぬ不気味さをもってミロの脳裏にこびりついている。

（そ、そう、だよね。これぐらい、そんな大したことじゃ……）

「お〜い、猫柳ぃ〜〜っ」

まだ整理のつききらないミロへ、中庭の反対側から、白衣を着た教授が呼びかけた。

「きみ、ちょうどいいところに居たな。いま、アポロ粒子の加速射出実験中でな。優秀な学生に、ぜひ実験の感想をもらいたいのだ」

「い、稲葉戸教授……」

「凄いだろ。この粒子加速器は、うちのゼミが開発したものでね」

白衣の稲葉戸教授は、胸に抱えたその装置を構え、狙いを定めた。粒子加速器とはいうが、つまりはアポロ粒子を弾として打ち出す大口径砲である。

「見ててごらん。こいつはわずか一発で……」

「きょ、教授、何を⁉」

ミロが驚愕したのは、稲葉戸が砲を向けたその方角である。そこにはなんと自分たちと同じ大学の学生が、射撃の的として括り付けられているのだ！

「それっ。ドカン、ドカン！」

的になった学生たちは、悲鳴も許されずに砲に身体を貫かれ、絶命する。よく見ればその周囲にも、それまで的にされたであろう学生たちの遺骸が惨たらしく転がり、このあまりに凄惨な実験の異常性を訴えている。

「ほーらみろ！　みんな一発で仕留めた。きゅははっ」

「な、なんてことを‼」

「さっきから、何がおかしいんだ、ミロ？」

ビスコはきょとんとした顔で、汗だくのミロを見つめる。「だって！」と反論しようとするミロだが、肝心の反論する理由が、どうしても出てこない。

「いつものイナバドの実験じゃねーか。あの発明、今回は珍しく成功らしいぜ！　しかし自分のゼミ生を皆殺しにしちまったら、研究はどうするんだ？　まったく後先考えねえオッサンだよな。あっはは！」

倫理に深いもやのかかったような、なんとも不安な感覚。ミロは必死に頭を巡らせるが、どうしても違和感の源をつかまえることができない。

「きゅははは……あれっ！　なんてことだ。的がみんな死んでしまったぞ！」

「だから言ったんスよ教授。も少し計画性を持って欲しいな」

「困った困った──そうだ、猫柳くん！」

稲葉戸の眼鏡の向こうに、ねばついた笑みが光った。

「的になってくれたまえ」

「──ええっ」

「隣人の実験の手助けをするのは、東生の学生として当然のこと。そうだろ？」

「そ、そうですけど、でも……」

「教授。どうもコイツ、体調悪いみたいです。代わりに俺が」

「だめっっ!!　だめ、僕がやる！」

ミロはビスコの言葉につい突き動かされるように、もやのかかった頭のまま、親友の前に立ちはだかった。

「僕が、的に、なります。稲葉戸、教授……」

「よォォろしィィ」

べろりと舌なめずりをした稲葉戸が、ガションと粒子砲を装填し、ミロめがけて構える。

「来世で単位をあげよう。いくぞっ。粒子加速砲、発射まで3、2、1、」

(ぜ、絶対になにか、おかしい……でも今は、ビスコの盾にならなきゃ！)

「ランチ！　ライフ・メイカ――――ッツ!!」

「発射――」

美しく澄んだ声が、中庭にとつぜん閃き……

生命色に輝く、何かの術式を凛と響き渡らせた！　術式の発動に応えて、ミロの眼前に新芽が凄まじい勢いで萌えあがり、樹木となって粒子の砲弾を受け止める。

(助かった!?)

「むうっ、実験の邪魔を!!」

「アポロ粒子は、人の生きる力を加速させる、可能性の粒子」

余裕たっぷりの声にミロが振り向くと、自分と同じサファイアの髪が、手櫛によって長くなびいた。長髪の主はコツコツとヒールを鳴らしてミロの肩を叩き、

ぱちーん！

と、流し目にウインクを決めてみせる！

「――ああっっ、あ、あなたはっっ!!」

「それを使って人殺しだなんて……」

女はそのまま白衣をはためかせてミロをかばい立ち、美貌に挑むような笑みを浮かべて、稲葉戸めがけて咬みつくように呼び掛けた。

「稲葉戸教授！『マナー違反』だと思いませんか？」

「ドミノさんっっ‼」

ミロにとってはその先祖、猫柳ドミノである！

ミロはいまだ霞がかった頭の中で、この白衣の女だけは信用できると、本能的に察知する。

「ミロ！　見ない間に、ま〜た可愛くなったねぇ」

「ど、どうして、あなたが、ここに……」

「ブルーに頼まれたの」キュートに振舞う仕草から一転、空色に閃くネイルが、ドミノの叡智を示してぎらりと閃く。「安心して。ご先祖さまがあなたを導く！」

「こぉおれは、ドミノ学長ォ〜〜」

今少しでミロを始末できるところ、寸前に阻止された稲葉戸教授。粒子砲に再び弾を込めながら、じっとりとした視線をドミノにぶつける。

「研究でお忙しいかと思えば。イケメン学生ひっかけて、遊んでおられるので？」

「見た目で判断されちゃうと困るなあ。私、今は旦那ひとすじなのでぇ」

「それになんですそのスカート丈は。学内をそれで歩き回っているわけですか。学生達の健全教育に悪影響ですぞォォ」

「お手本みたいなセクハラぁ。『マナー違反』二つ目」

「なああにがマナーじゃこのアバズレェッ」

叫ぶ稲葉戸の身体が、何やらバギボギと音を立てて大きく変形してゆき……

３ｍほどもある、巨大な蠅の化け物として顕現する！

『その生徒はうぉれの的なんだよォ。邪魔をするなら、てめぇからブチ抜くぞォッ』

「学生に対する著しい敬意の欠如。『マナー違反』三つ目！」

ドミノの術式の力が増し、大学全体が炸裂の予感に震えあがる！

「稲葉戸教授。いや、歪のまぼろしよ！　学長権限により、退職を申し付ける！」

『うぉれの、邪魔ァすんじゃァ、ねェエ──────ツッ！』

「叡　智　展　開　！」

錆を創りしはじまりの開発者。その二柱が一の力もて、原初の術式が炸裂する！

「オーバーグロウ・ライフ・メイカ──────────ツッ‼」

生命を加速させるライフ・メイカーの力が萌え上がる樹木となって、稲葉戸の身体を瞬時に搦め捕った。ライフ・メイカーの萌木は『めぎめぎめぎっ』とその枝の力で身体を締め上げ、その筋骨を粉砕してゆく。

『ぐぎゃぁぁあ〜〜っっ⁉』

（す、すごい……‼）

「……なんだ、こいつは……⁇」

ビスコの呟きにミロが振り返り、その表情に固まる。それまで屈託ない大学生だったはずのビスコの表情は、今や憎しみと怒りに染まり、血走った眼でドミノを見つめている。

「なぜ、うぉれの改変を受けていない。なぜ、猫柳（ねこやなぎ）の味方ができる？」

「ビ、ビス、コ……⁇」

ビスコはそこで急に駆け出し、地面に落ちている粒子砲を手に取った。そして稲葉戸（いなばど）を仕留めおえて一息つくドミノへ向けて、その砲身を構える。

「うぉれの世界で、勝手してくれんなよ、コラァッ」

「ここはブルーの創った世界。あなたのじゃないわ」

「死ねェッ」

「ランチ・ライフ・リフレクト！」

どがんっ！　と放たれた粒子砲は、ドミノを貫く寸前で、樹木の葉が造るプログラムの盾によって反射される。反射された弾丸はビスコの胸を貫き、「がばっ」とその口から夥（おびただ）しい血を吐き出させた。

「ビスコ――ッッ‼」

「ミロ、近寄っちゃ危ない！　こいつはね……」

「そんな。ビスコ、ビスコ‼　大丈夫、今助けるから‼」

「やあれやれ！」

ドミノは頭を掻（か）いて、ぱちりと指をはじく。すると指先から伸びた細い樹木の枝が、ミロの耳穴からするりと頭の中に入っていき、

「あえっ⁉」

「じっとしてなよ〜。どこだ、ここか？　ここか〜？」

「や、やめ、やめて、ドミノさ……」

「おっ、つかまえた。ひょいっ‼」

何か小さなものをつかまえて、ミロの中から強引に引きずり出した。その小さなものは、空中をころころ転がりながら、

『ひぃいいえええ〜〜っっ‼』

いかにも哀れっぽく叫ぶ。

その羽虫の姿こそ、錆神（さびがみ）が忠臣、ンナバドゥであった。

「ああっっ⁉」

『く、くそう。何故（なぜ）、うぉれの存在がわかった⁉』

この新東京生命科学大学は、確かにブルーが創った世界。

しかしその形が整うまえに、ンナバドゥが時空にアクセスしてこの世界を都合よく改変したのであった。力持たぬンナバドゥは、改変した世界を利用してミロを始末しようとしたが、あと一息のところをドミノに遮られた形になった。

『ブルーの狙いは何だ。この虚構時空（サブナー・アカシャ）に、一体なにがある⁉』

「それをあなたに言うと思う？」

ドミノはそう言って、くらくらと眼を回すミロを自分に抱き寄せる。

「ブルーにこの子を託されたからには、あなたに邪魔はさせない。ていうか今この場から、生かして帰さないっ！」

『ま、まずいっっ』

ンナバドゥは憤怒を示しておきながら、圧倒的に不利なのが自分であることに気付き、よれよれの羽根で羽ばたいて逃げようとする。

「いけえっ、ライフ・ウィップ！」

青いネイルから閃くドミノの術式が草花の鞭でそれを狙うが、

『うおお――っっ……し、死んでたまるか、このうぉれがっ！』

羽虫は死に物狂いでついにそれを避けきり、空間に小さな穴を開けて、ふたたび亜空間へと逃げ込んでしまった。

「ちいっ、なんて素早い……！」

ドミノは舌打ちし、それと同時に、ンナバドゥを護るなにか運命的な力にわずかに畏怖を覚えた。あれだけ力のない存在が、なぜゆえ、何度も危機を乗り越えてゆけるのか？

一方でミロはだんだんと己の視界を取り戻してゆく。

「こ、ここは……!!」

そこでようやく、真に自分が居た場所の正体を確認する。大学のキャンパスだと思っていたものはすでに崩落し廃墟と化しており、ビスコ、また稲葉戸教授と思っていたものは、錆が人の形をとっていただけの、ただの人形であった。

世界はンナバドゥの支配を退け、ブルーの意図通りに戻ったのである。

「び、ビスコじゃない……そうだ、おかしいと思ったんだ‼」

「ふ〜ん？　どうして？」

「妙に聞き分けがいいし。皮肉も言ってこないし、他人に咬みつかないし！　僕のバカ……‼

あんな素直なビスコが、ビスコなわけないのに‼」

「ゆはははは！　笑える！」

ばんばんっ！　と背中を平手でたたくドミノを涙目で見上げながら、ミロはその掌の温度に、確かなものを覚える。

「……でも、よかった。ドミノさんは、本物……」

「ブルーから直接アクセスがあったの。実体化して、ミロを助けてくれって。かーなり急いで助けにきたから……あのさ、メイク直していい？」

「いいですよいまさらっ！　十分きれいです！」

「知ってま〜す。ねえ一緒に写真撮ろ！　はい、きゃぴる〜ん！」

（こんな人だったっけ⁉）

「ブルーがミロに伝えたかったこと。その真実に、私が連れていく」

「うわぁ！　スッと真面目に！」

ドミノはそれまでの少女めいた素振りから急に年甲斐を取り戻して、スマートフォンをポケットに突っ込みながら言った。

「かつて東京都民の魂を保管するために使った、アポロの〈ソウル・アブソーブ・プログラム〉。今のミロなら、その力を正しく扱えるはず」

「〈ソウル・アブソーブ・プログラム〉⁉」

「そう。黒時空で言う、〈吸魂の法〉よ」

ドミノはミロを向き直って、その手を引く。

「大学の研究室でアポロがそれを護ってる。行こう、ミロ！」

「ドミノさん！　また何が襲ってくるかわからない。僕が先に行きます！」

「冗談！」

ドミノはバンと胸を張って、ミロの額を爪ではじいた。

「私は全てのはじまりの女。一方、今のミロはただの大学生！　大人しくご先祖さまに、護られとけばいいのだ！」

13

「うわあああ——っっ、アクタガワ——ッッ!!」

レッドの悲痛な叫び。

ラストの歯車圏がその腹を貫き、甲殻を四方へ砕き散らす。しかし絶命の寸前、アクタガワの視線は確かにレッドへ向けられていた。

「ビスコ！」

腕の中のブルーが叫ぶ。

「〈吸魂の法〉だ。早くアクタガワを吸って！」

「でも、でもっ!!」

「早くッ!!　アクタガワの最期の意志を、無駄にする気なのッ!?」

「ううううわあああ——っっ！！！」

それは雄叫びというよりほとんど悲鳴であった。ブルーの激励でレッドは手を伸ばし、〈吸魂の法〉の力をアクタガワへ向ける。

アクタガワの片方の鋏が、レッドの指先に触れた途端——

翡翠色の光を放って、アクタガワの身体が分解される。翡翠の光はそのままレッドの両手におさまり、甲殻の大弓となって顕現した。

「こ、これは……！」

「〈天蟹弓〉だよ、ビスコ！　アクタガワの最期がくれた、魂の大弓っ！」

「そうか。」

自身が喰らおうとしていたアクタガワの魂を横取りされて、ラストが少し不満そうにレッドを振り向いた。

「おまえも、魂を喰って、力とするのだったな。」

レッドがその手に掲げる天蟹弓には、いままで屠ってきたキノコ守りたちの魂が漲り、錆神を気圧す迫力に満ちている。

（……なんだ、この武器は？）

『ラストさまっ!!　お気をつけくださいっっ』

ラストの違和感を言葉にするように、耳元でソナバドゥががなった。

『あの天蟹弓とやら、とんでもない代物ですぞ。あれの一矢に、数にして一億ほどの魂が詰め込まれております』

「射抜かれれば、どうなる？」

『一億回死にます』ソナバドゥの声は逼迫している。『御身に溜めておける魂は、ちょうど一億。転生回数を越えて死ねば、ラストさまとて消失いたしますぞッ！』

つまり天蟹弓は、魂の数だけ産まれかわる錆神に対しての、特効兵器ともいえる切り札なのだ。これで射抜けば、さしもの錆神も無事ではすまない。

「いけるよ、ビスコ！　この天蟹弓なら、錆神に届く——」

「うう、う、」

「——ビスコ！」

「ぐううう————っっ……!!」

しかし。

天蟹弓の圧倒的威力は、それを引くレッドの身体をも同様に苦しめる。地球上に比類なきその膂力を以ってしても、弦を引くのが精一杯だ。力の刺青も全身に真っ赤に燃え上がり、宿主の身体を焦がし続けている。相棒の肉が焦げる香りに、ブルーは瞳を震わせて頭脳を回転させた。

「天蟹弓！　頼む、言うこと、聞けえ——っっ……！」

(ビスコの身体が限界だ。これじゃ弓を撃てても、錆神に躱されてしまう！)

『——ややっ。ご覧くださいラストさま』

一方、慌てふためいていたンナバドゥが、その様子に目を止める。

『レッドの奴、天蟹弓がその身に余るようですぞ。なあんだビビらせやがってよ。あんなヨタヨタの狙いで、ラストさまに当たるわけがねえのだ。ささ、ラストさま。その歯車圏で、今のうちに始末あそばされませ！』

「殺すのか？」

錆神は不満そうだ。

「レッドの口から、まだ隷属の誓いを聞いておらぬ。」

『な、何を、この期に及んで呑気な！』

「いやだ。魂のへし折れる音を、倭は聞きたいのだ。」

ンナバドゥを振り向き、ラストが駄々をこねた。

『（こっ、この、バカガキ……!!）』

焦燥にあえぐンナバドゥが、声に出さずに悪態をついた。ラストは〈自分が消失する〉という重大危機を全く理解していない。物理的に無敵の錆神であるがゆえ、精神的な部分が全く育っていないのだ。

「蝿、なんとかしろ。」

『無茶を申されますな。どうか何卒！　この蝿め、御身を想って――』

「うるさい。できなければ、潰すぞ。」

『ら、ラストさま――』

錆神とンナバドゥが揉めだし、一瞬の隙ができる、
そこへ！

「くらえええ――――ッツ、『真言鞭』!!」

死角から稲妻のように襲うブルー、その真言の鞭が、ラストの全身を絡め取ったのだ！

冷静さを欠いていたラストは、普段なら反応できていたであろう攻撃をまともに受け、鞭の力で身体を拘束されてしまう。

『ラストさまっ！』

「！　これは……。」

「的が動かなければ、今の天蟹弓でも当てられるっ！」

真言の鞭は、ラストが身体中に備えた歯車に深く食い込み、その動きを喰い止めている。傷だらけの顔に星の瞳を輝かせ、ブルーが真言の力を強めた。

「人間の力をあなどったな。これで、わたしたちの勝ちだ！」

「出過ぎた、真似を……。」

錆神ラストの無表情に、明らかな苛立ちと憤怒が滲んだ。無理矢理な力で伸びる鞭をひっつかむと、それを怪力で手繰り寄せて、ブルーをじりじりと近づけてゆく。

「ああっ――！」

「これを解け。これを、解け!!」

「ミロ――ッツ!!　だめだ、鞭から手を離せ！」

「ビスコ、撃って!!」

レッドがようやく天蟹弓を引き切るころには、すでにブルーは錆神の腕の中に捉えられてしまっていた。

しかし、ブルーが真言鞭から手を離すことは、ない！

「その〈天蟹弓〉。いま撃てば、わたしたちが勝つ！」

『やめろッ、やめろレッド！　撃てば、この女も死ぬぞっ!!』天蟹弓の射線には、ラストに羽交い絞めにされたブルーがいる。『うぉまえにとっては最後の相棒、最後の理解者ではないのか。それを、自らの手で殺める気かっ』

「ううううっっ……！」

「撃って、ビスコ!!」

歯を噛みしめ、血涙を流して震えるレッドへ、ブルーは決死の叫びを投げかける。

「みんなが命を懸けた。数えきれない涙が流れた。それも全部、この瞬間のため……シュガーに明日を作る、この一瞬のためにでしょ！」

『やめろ、撃つな、レッド！』

「撃ってよ！　お願い、撃って、ビスコ――――ッッ!!」

「う、」

「ううっ、」

「ううわあああ————————ッッ！」

心を引き千切るような、レッドの咆哮。そしてそれとともに放たれた天蟹弓の矢は、極光を纏う一筋の光となって錆神へ襲い掛かり——

（——これは。倭が、死——）

『ラストさまああ————————っっ!!』

どぎゅんっっ!!

——。

————。

その、錆神の僅か数ミリ横を通過して、

風圧で片耳を捥ぎ飛ばすと、

はるか後方の山脈に突き立ち、轟音とともに山肌を抉りぬいた。

（……、）

（……は、）

（外した……!!）

天蟹弓の威力は、確かに錆神ラストを消失させうるものだった。ただ肝心のその狙いが、最後の最後、ほんのわずかにずれてしまった。

いや、

ずらした、と言っていい。

（あ、あたし、）

（外してしまった。）

（絶対に、当てなきゃいけないのに……）

（みんなの思いがかかった、最期（さいご）の矢を、外した！）

絶望に表情を歪（ゆが）めるレッドのもとへ、どさり、と相棒の身体（からだ）が投げつけられる。

そうだ。

相棒のために、矢を外したのだ。

ミロが生きてさえいれば。

相棒さえ、そばに居てくれれば……。

「……ミロ？」

「……。」

返事のかわりに、夥（おびただ）しい血がレッドに零（こぼ）れた。

血はあとからあとから、止まるどころか勢いを増してブルーの身体からこぼれ、レッドの腹から下を真っ赤に染めていく。

「なぜ、直撃させなかった？」

茫然としてへたりこむレッドの眼前で、錆神が言う。そしてその手に握られた真っ赤なブルーの心臓を眼前に掲げ、

「どっちにしろ、それは死んだのに。つくづく、勘定のできぬ生き物だな。」

べしゃり、と握りつぶした。

「——い、い、いやあああああ——————っっ‼」

「ビ、スコ……」

「ミロ、ここだ、ねえ、ここにいるよ……‼」

恐慌のなか、ブルーを抱き締めるレッド。

ブルーの眼球だけが声を頼りに動いたが、すでに何も見えていないのか、レッドを捉えられず寂しげに泳ぐばかりだ。

「——どこ？　みえないよ、ビスコ。」

「あああ……」

「……わたしを、一人に、しないで……」

「ああ、あ。ああああ……」

おびただしい鮮血にまみれて、レッドは子供のように泣きじゃくった。

自分は、何てことをしてしまったのか。

思考もままならない状況のなかで、相棒が絶命まで間もないことだけが、残酷なまでに明白であった。

『きゅは、きゅは、きゅは!! ばァァァアア――――かめぇ!!』

そこに、羽虫ンナバドゥの嬌声。

絶望するレッドの鼻先でくるくると踊り、小さな脚で『セ――フ』とジェスチャーをしてみせる。『きゃっきゃっ』と地面に溜まったブルーの血で水浴びをすれば、なまあたたかい鮮血がレッドの肌に飛び散った。

『なァァ――――にが天蟹弓だよ笑っちゃうよね。この先一兆年は訪れない、千載一遇のチャンスをまんまと無駄にしやがって。下らん魂のバトンリレーは! 今こうして! しょ〜もない結末を迎えたのだ!!』

「うう。う……ミロおお……」

『きゅはきゅはきゅは! どうした怒ってみせろ。これまで死んでいった奴らに、詫びの一言でも入れてみせろ。あたしたち何もできませんでした、とな』

「ううう。う。うえぇ〜〜っ……。」

『泣いてやがる! きゅははははっ。きゅはははははは……』

「よせ。」

下品に笑い転げるンナバドゥは、いつの間にか地上に降りたラストに一喝され、慌ててその肩に飛び止まった。

天蟹弓に捥ぎ取られた片耳が、ゆっくり再生してゆく。これでつまり、双子茸のレッドとブルーは、ついに傷のひとつもつけられなかったということになる。

「さあ、立て、双子茸レッド。」

「え……？」

絶望に追い打ちをかけるように、ラストが呟いた。

その顔には……

気高き少女の魂をへし折り、潰す、嗜虐の愉悦が満ちている。

「これしきで折れるおまえではあるまい？　相棒の死を怒りに変えて、戦え。おまえの内に眠る、戦士たちの魂の声を、聴くのだ。」

レッドはもはや言われるままに、身を焦がす刺青の声に耳を傾ける。

勝て。

勝て、ビスコ。

勝て——。

「——いやだ……。」

「なに？」

「あたしも、死ぬ。ミロと一緒に、死ぬんだ……。」

俯くレッドの、かぼそい呟き。

「くく……！　何を、弱気を言うのだ！」

錆神はそこに、確かに魂の折れる音を聞く。

そして一層嗜虐の笑みを溢れさせ、ここぞと残酷に責め立てる！

「この世界に、倭を倒しうるものは、もはやお前ひとり。死んでいった全ての戦士が、その双肩に魂を預けているのだぞ。立て、戦え、勝て。そこに刻まれた刺青のために、錆神ラストに打ち勝つのだ、レッド！」

「いやだ、」

「いやだ、いやだ、いやだ……」

「やだやだやだやだっ、もうやだっ!!　あたしにそんな資格はない。抱えきれない、応えきれない。あたしは生贄じゃない。一人の、人間の女なんだっ!!」

「ああ、ミロが、冷たくなってく。」

「おねがい。」

「はやく殺して……」

「あたしを殺してくれ――――ッッ!!」

＊＊＊

《ばかやろ――――!!》

ぺちんぺちん！　と頬を叩かれて、レッドは飛び起きた。

「わあっっ!!」

《わあっっ。》

汗だくで周囲を見回せば、夢に見た血みどろの景色はそこにはない。そこはテントダケで作った小さなかまくらであり、氷雪をしのいでビバークするためにビスコとレッドが作ったものであった。

（そうだ。）

夢と知っても、動悸は収まらない。

（ミロは、死んだんだ。）

灯し茸の暖炉の火を照り返して、レッドの大きな瞳が、ぶるぶると揺れた。

（思い出した。）

（あのとき……）

（完全に折れたんだ、あたし。）

（無理矢理ラストに立ち向かうために、記憶を封印して、）

（絶望に蓋をしたのか……。）

《寝言でも、殺してくれ、なんて言ったらいかんぞ。》

「………。」

《どうせ夢にオバケでも出たんだろ。なあに大丈夫だ！　なにしろおれが、見張りについているんだからな。》

ビスコは、いまだ震えるレッドの肩口に飛び乗り、その頰をぺちぺちと叩いて、大きく胸を張った。

《安心して眠れ。いかなるものからも、おれが護ってやる！》

「……うそつき……」

《んえ？》

「なにも護れなかったくせに。大事なもの何一つ、護れなかったくせに‼」

　レッドは突如そう叫んで、肩口に立つビスコの身体をひっ摑み、暖炉の火めがけてブン投げた。ビスコは《あっぢ〜〜！》と叫んで咄嗟にそこから抜け出し、雪の中を転げまわって必死で自分の火を消す。

《てめえ、どんだけおれがきらいなんだ⁉》

「殺したいほど嫌いだ。なぜ⁉　なぜ、おまえなんかをみんな愛する⁉　愛されることの責任なんか、まるで果たせないくせに！」

《なにい！　撤回しろ、おれは……》

「嫌いだ、おまえなんか、嫌いだ……‼」

　憤怒に燃えるレッドの両目から、何故ゆえか、ぼろぼろと大粒の涙が零れだし、頰をつたい落ちた。それを目前にして、言い返すビスコの声が、はっと止まる。

「強いだけの女。血塗れの勝利の果てに死んでゆく、ただの鬼一匹。赤星ビスコを愛さなければ、みんな、無為に屍をさらすこともなかった」

《お前……。》

「み、みんな、おまえを愛したせいで。おまえの、せいで！」

　溢れる涙がつぎつぎ唇に飛び込み、喋ることすら億劫になってはじめて、レッドは自身が泣いていることに気が付いたようであった。

「きらいだ。きらいだ、おまえなんか……おまえ、なんかぁ……」

《…………。》

泣き崩れて言葉を失ってしまったレッドを見つめて、ビスコはしばらく、そのまま動かずにいた。

そして、時空に掛かる刺青の道、外を吹き荒れる氷の嵐の正体を、ようやく理解する。

（刺青は、レッドに託された力。そして同時に、身を焦がす呪いなんだ。この吹雪は、その熱から自分を護るために、レッドの心が吹かせたもの。）

「うう。う。ううう――っ。うえええ……」

（灼熱に燃えるように見えて、本当のこいつはずっと、氷の世界にいたのか。）

ビスコは、膝を抱えて震える、別時空の自分自身をもう一度見据えて、意を決してその膝の上にぴょんと飛び乗った。

「ひっぐ。ぐす……。」

《…………。》

「……あたしにかまうな。喰っちまうぞ……」

《そんな凍えた歯の根じゃ、おれは嚙めねえぜ。》

「…………。」

《じっとしてな。》

ビスコから迸るあたたかな太陽の胞子が、ゆっくりと、凍てついたレッドの身体を温めてゆくのがわかった。レッドはわずかに顔を上げ、充血した両の瞳だけを、ビスコの小さなそれと合わせる。

《少しはやすめ。刺青にせかされて、休む暇もなかったんだろ。》

「………。」

《難儀なことだよな！　おれも、頭んなかのジャビに説教されることはあるぜ。でもな、あの世からの小言なんざ、適当に聞き流しときゃいいのさ。》

「………。」

《錆神と戦いたくないのなら、戦わなきゃいいじゃねえか。誰か他の奴がやるさ。お前はお前の生きたいように生きりゃいい。》

「だって。それじゃ、みんなが愛してくれた、意味が——」

《誰も、見返りのために、お前を愛してはいない。》

しずかなビスコの物言いが、レッドの暗い瞳に、わずかに火を灯す。

《ミロもパウーも。チロルも、アクタガワも。支配のために誰かを愛する奴は、おれの人生には居なかった。お前がお前らしく幸せでいること……時空が違っても、みんながお前に託した愛は、同じものだったはずだ。》

「そ、そんな、でも、刺青は……」

レッドが、自身の言葉にわなわなと震える。

「みんなが刻んだ刺青は、いつも勝利を願ってた。いつもあたしを責め焦がすように、熱かった！　それは、どうしてなんだ⁉」

《お前が燃やしてるからだ。》

「──‼」

《勝利をねだるのは、お前自身の声だ。刺青は最初から、なにも言ってやしなかったのさ。みんなが、お前の幸せを祈って託した力……おまえはそれを、責任と感じてしまった。》

「………。」

《今からでも、好きに生きろよ。きっと、刺青もそれを望んでる。》

レッドは膝を抱えたまま、しばらく同じ姿勢でビスコを見つめ続けていた。どれぐらいそうしていたかわからないが、いつの間にか震えは止まっていた。

「……おそすぎるよ」

ぽつりと言う。

「自分の人生を探そうにも、もう、あたしには誰もいない。ミロは死んじゃった。パウーも、アクタガワも、チロルも……。あたし、おまえがうらやましい。うらやましくて、すごく、みじめな気持ちなんだ……」

《だったら、うちの時空へ来いよ！》

ビスコは勢いこんで膝の上でぴょんぴょんと跳ね、黒時空の自分をはげました。

《白時空には、ソルトっていう男児もいるんだ。こいつが頭がよくてな、はなしてるとおもしろいぞ。シュガーもお前が好きだし、ミロもパウーも歓迎するはずだっ。》

「……ビスコが二人いたら、ややこしいだろ？」

《もともとおれも、亭主二人分の働きを強いられておる。》ビスコはそこで、猫柳姉弟にむちゃくちゃに振り回される日々のあれこれを思い出し、ぶるりと身震いした。《だからビスコが二人いるぐらいでちょうどいいのだ。な、いいだろ。うちへ来いよ！》

「……………ばかなやつ。」

レッドは……

そこでようやく、唇にほほえみをうかべた。

「……それも、いい。あたし、ソルトにも会ってみたい……。」

《おお！　じゃあ、家族になるんだな！》

「はっ！」

身を乗り出してきたビスコを人差し指でピンとはじいて、レッドはすっかり温まった身体でひとつ伸びをする。

「仕方ねえ。そこまで言うなら、厄介になってやってもいいぜ！」

《ななな、なんてやつだ‼　……おい、外を見ろ！》

「……吹雪が……」

テントダケから出れば、一歩進むのすら困難だった大吹雪はすっかり止んでいた。それどころか、堆く積もっていたはずの雪はどんどん溶け出し、その下から太陽色にかがやく刺青の道が顔を出している。

《刺青の道の色を見ろ！　修羅の炎の赤でも、自責の氷の青でもない。己を照らす太陽の……錆喰いの色に、今変わったんだ！》

「………おん、うる、ぶらーふま、すなう」

流星の流れる時空のトンネルで、レッドは眼を閉じ、大きく息を吸いこんだ。すると刺青の道は大きく光り輝いてレッドへと戻ってゆき、修羅の赤でなく、神々しいオレンジ色となって身体に再び刻まれる。

それこそが、修羅のさだめを越えしレッドの、真の姿……

〈真我・ビスコ〉の顕現であった！

《オワー！　お、おまえ、なんだその身体は⁉》

「──みんなを感じる」

まばゆく輝く刺青を撫でて、レッドが静かに呟く。

「真我の刺青。そうか。本当は、こんなにあたたかいものだったのか……」

《すげえパワーだ。真我の力は、世界を変える超信力とは違う……自分を受け入れ超越する、無限の自己肯定の力なんだ！》

　驚きに眼(め)を見開く赤キノコを優しく抱いてやり、レッドは慈母の微笑(ほほえ)みを見せる。

「はき違えてた刺青(いれずみ)の意味、ようやくわかった。おまえが教えてくれたんだ」

《でもイレズミをもどしてどうする⁉》周囲を取り巻く亜空間を心細げに見渡して、ビスコが叫んだ。《道がなくなっちゃったぞ。これで、どうやって帰るんだ？》

「いちいち歩いていくのも、まだるっこしいだろ！」

　レッドは女神の顔からぎらりと鋭い鬼神の笑みを取り戻し、ふたたび刺青(いれずみ)の力をひらめかせる。太陽の刺青(いれずみ)はいきいきとそれに応えて胞子を振りまくと、時空トンネルに、とてつもなく大きな太陽の弩弓(どきゅう)を顕現させた。

「顕現！　真我弩弓(アートマン・ストラ)！」

《なんだこりゃ。でけえボウガン？》

　ビスコは言って、

《げぇ――――っ⁉　まさか、これでおれたちを撃つのかっ。》

「察しがいいな。さすがに、自分のやることはお見通しか！」

《無茶ばっかりするんじゃねえ‼　普段ミロがどんな苦労してるか、わかってんのかっ。》

「少なくともおまえはそれが解(わか)ったわけだ。感謝しな！」

　レッドは笑ってビスコを自分の首につかまらせると、自分たちを乗せた太陽の弩矢を、時空の出口めがけて思い切り引き絞る。

「白時空の外壁ごと喰い破る。用意はいいか！」

《良いわけねぇが、やるしかねえっ。》

「そういうことだ。いくぞ、３、２、１、」

「《行ィイけェエエエ――――ツッツ‼》」

どぎゅんっ！　とまさに光の速さを超えて跳んで行く真我弩弓の矢。それは帰りを待つ白時空へ向けて、流星のように一直線に飛んでいった。

14

「躱せ、菌斗雲!!」

飛来するいくつもの歯車圏を寸前でかわし、空を駆け巡る菌斗雲がラストの懐に潜り込む。

小さな身体に惑星レベルの力を込めて、

「喰らえええ――っっ!!」

シュガーが繰り出す、乾坤の一撃!

ずばんっっ!

「おお。」

「どおだっっ!!」

袈裟懸けに振り抜かれた大菌棍はラストを捉え、ちょうど腰のあたりから、その下半身を完全に粉砕する。

「二度、死んだぞ、いまのは。」

「まだまだ――ッッ!!」

間髪いれず二の棍を繰り出すシュガー――がしかし、消失したはずのラストの下半身は、細かな破片を集めてシュガーの背後に組み上がり、無防備な背中めがけて回し蹴りを炸裂させる！

「ぎゃぼっっ⁉」

「とはいえ、」

前へつんのめったシュガーの腹部へ、今度はラストの上半身がぐるぐると回転し、ブースト噴射の勢いのままボディブローを叩き込む。

「がばっっ‼」

「倭の腹にはまだ、いくらでも魂が残っているぞ。」

口から虹色の胞子を噴き出すシュガーへ、冷徹な少年の声がささやいた。

シュガーの攻撃が、ラストを消滅に近づけるのは確かだ。しかしラストもまた、全てを意のままとするシュガーの超信力を打ち消すことができる。

つまりこの戦いはおのずと、神対神、地力の勝負となるのである。

「何故、そこまでして、人間を護るのだ？」

苦しみつつも体勢を立て直すシュガーの前で、ラストの上半身が、理解しかねるように首をかしげた。

「おまえは幼神、滅するには忍びない。ここで白時空を明け渡せば、おまえを倭の属神として、恒久の繁栄を約束するぞ。」

「ふざ、けんな……！」

「よいか、シュガー。生命とは弱きもの。生きることとは苦しみなのだ。人間は日々の現実におびえながら、くだらぬ夢を追って死んでゆく。富、美貌、名誉。刹那の我欲を満たすためだけの、つまらぬ夢を見ながら……。」

ラストはシュガーにその手を差し出し、服従を勧告する。

「生命を護ることは結局、その苦しみを助長するだけではないか。」

「ちがう……！」

「生きることを強制するおまえと。死と引き換えに願いを叶える、錆神。人間がどちらを望むかなど、わかりきっている。シュガーよ、考えを改めよ。共に力を合わせ、人間を怯えから解き放とうではないか。」

「怯えてるのは、おまえだ、ラスト……！」

シュガーは苦悶の表情から、ぎらりと父譲りの瞳の輝きで、ラストを見返した。

「倭が、怯えている？」

「おまえが願いをばらまくのは、なぜか？　人間が自分の力で『達成』することを、畏れているから。『達成』こそ、隷属を打ち破る、唯一の武器だから」

「………。」

「富、美貌、名誉。それの何が悪いの？　何を夢見たってかまわない。叶えることが、願いの本質ではないもの」

（こいつ……。）

「願いへ向かって進む、その『道』に！ 生命の真実はあるんだっっ！」

シュガーの瞳の輝きに気圧されて、ラストがわずかに仰け反った。

生命を、魂をただの糧、おもちゃとしてしか見ていなかったラストにとって、ここまで毅然と生命の意義を主張されたのは初めてのことだったのだ。

何より、舌戦でこの幼神に負けたという事実が、錆神のプライドを刺激し、これまでにない怒りを駆り立てる。

「世に苦難をもたらす邪神め。やはりここで滅することにした。」

「やってみろ、コラァ――ッッ‼」

ふたたび菌斗雲で突っ込むシュガーに対し、

「未熟ものが。」

振り抜く大菌棍をかわして、直上から叩き落とすハンマーパンチが、シュガーの身体を捉えた！ あまりのクリーンヒットにシュガーは気絶してしまい、そのまま菌斗雲から落ちて地面に叩きつけられる。

「消滅しろ……！」

ラストは空中からそれを見下ろすと、身体中に備えたいくつもの歯車圏を分離させ、次々と地面のシュガーめがけて撃ち放った。

どかん、どかん、どかんっっ！　と、大陸をへし割るほどの威力の飛び道具が、シュガーの身体に直撃する。やがて舞い散る虹色の胞子と白煙が周囲を覆い、一帯を静寂で包み込んだ。

「………………。」

錆神ラストは、身体に戻ってくる歯車圏たちを撫でて腕を組み、こきりと首を鳴らした。

「――生意気なやつだったが、なかなかの実力だった。」

ぐう、と鳴る自分のおなかを撫でて、ラストはしみじみと言う。

腹が減った――つまりラストの体内から魂がそれだけ成仏してしまったということで、いまのシュガーとの一戦で、一千万ほどの魂が失われた体感があった。

それでも残り9割ほどの余裕があるわけだが、

「一千万回も殺される経験など、今後おそらくあるまい。どれ、敬意をこめて、その死に顔みとどけておくか――」

ラストは白煙が晴れるのを待ち、シュガーの遺骸を見届けようとする。

しかし、そこでふと、

「おやぶんのこと、いじめたな～～っ」

「――む？」

「ゆるさんぞ」

「ぷんぷん！」

「あほ」

ラストは自らの脚にからみつく、何かぷよぷよした感触に気が付いた。煙が晴れてみれば、飛び散った胞子から顕現した鬼ノ子（きのこ）たちがおびただしいほど空中に連なって、ラストから地上までの距離を繋（つな）がっているのである。

「なんだ、これは。」

「ずっどん」

「きのこ」

「全智（ぜんち）の徒」

鬼ノ子（きのこ）たちの、そのすっとぼけた表情が、ラストの神経を逆なでする。

「——その手をどけろ、下郎。」

「やば」

「こわE」

「どけないです」

「おやぶん、じゅんびかんりょ～、どうぞ」

「何い……？」

地面にむけて呼びかける鬼ノ子（きのこ）をいぶかしんで、ラストがはるか地上を見下ろせば、白煙の晴れたそこに、ぎらりと笑うシュガーの姿がある！

「……まだ、息があったか！」

「よ〜しっ!! みんな、いくよ——っ!!」

「「「ずっどどん!!」」」

鬼ノ子たちの鎖によって、上空から振り下ろされるラストの身体。

「うおおっっ——。」

ラストは身体を分離して回避しようとするも、身体中にしがみつく鬼ノ子たちの凄まじい超信力がそれを許さない。一つ一つは単なる意思持つキノコとはいえ、それが束となれば、その単純明快な意志力は瞬間的にラストの奇跡を上回るのだ。

「は……離れろ、貴様ら。」

「離れないわ」

「さそり座ですの」

「うふ」

（こ、この技……まずい、まともに受けては!!）

「いっけえ——っ！ 大菌鎖・富士雪崩れ——ッツ!!」

どがあんっ!!

シュガーと鬼ノ子たちの渾身の技〈大菌鎖・富士雪崩れ〉は、岩山の岸壁に凄まじい勢いで叩きつけられ、そのまますり下ろすようにラストの身体を削りきり、岸壁の根本に轟音とともにに叩きつけられた。

「きまったぞ」

「おれがやった」

「おれだが？」

「は？」

「「「わぎゃわぎゃーっ」」」

「みんな上出来！　もどっておいでーっ！」

使命を終えた鬼ノ子たちは『ぽんぽんっ』と胞子に戻り、大地に片膝をつくシュガーへ回帰してゆく。シュガーは大菌棍を杖替わりに立ち上がりながら、

（やった……！）

岸壁の根本で倒れ伏すラストの残骸を見据える。

それはもはや原型がないほどにバラバラになり、胞子に覆われているものの、一つ一つの歯車、ビスがわずかに蠢き、本体に戻ろうとしている様子がうかがえる。

（と、とどめを、ささなきゃ……!!）

シュガーは得意の駿足で駆け寄ろうとするも、体勢を崩して転んでしまう。

大菌鎖・富士雪崩れに使った力もさることながら、歯車圏から自身を防御するために、ほぼ全ての超信力を使い果たしてしまったのである。

（あ、あと一歩が……！）

すべての魂の脅威、錆神の打倒を目前にしておきながら、とうとうシュガーはその復活を喰い止めることができない。

ゆっくりとだが確実に、歯車は組み上がり、錆神ラストの形を作ってゆく。

「――なんという、ことだ。」

そうして、ふたたび組み上がったラストの身体は、

「まさか。まさかこの倭の身体に、『老い』を刻みつけるとはな……。」

先ほどまでと様相を異にしていた。

十代なかばの美しき少年であった錆神の身体は、すらりとたくましい二十代の肉体に変貌している。はたから見れば、生育期の子供の伸びやかな成長に見えるかもしれないが、これは魂を過剰消費したことによる神の老化現象である。

錆神ラストにとって、初めての屈辱……。

自分が『有限』の存在であると、身を以って教えられたことだろう。

「驚いたぞ、菌神シュガー。」

「う、ぐ……！」

「憎しみから言うのではない。敬意……いや、感謝といっていいのかも知れぬ。」

こつ、こつ、と踵を鳴らして、背の高い青年神が歩み寄ってくる。

「神たる倭とて思い上がりが過ぎれば、いつでも永遠の座から転がり落ちうる。5分前の倭は、そんなこともわからぬ愚神であった……シュガー、おまえの技を受けて、ようやく倭も一皮むけたというわけだ。」

（まずい……!!）

シュガーは地に伏し、青年ラストを見上げながら、その歯を喰いしばった。

（『成長』してる……こいつ、謙虚になってる！）

「〈器〉にダメージを感じる。もはや魂を充塡しても、もとの少年に戻ることはあるまい。」

ラストは大きくなった自分の両手を見て小さく息をつき、やがてぎらりと、油断のない両目でシュガーを見下ろした。

「もう、魂で遊ぶのは、やめだ。」

「…………。」

「もはや、那由他に一つの可能性も残さん。一切の油断なく、ドライに。全ての生命を念入りに滅ぼすことを誓おう……希望の一ミリも残さず！」

「く、くそう……！」

「おまえを未熟なうちに殺せて、安心しているぞ……。」

ラストはその手でシュガーの首を引っ摑み、眼前へ掲げる。そしていよいよ増したその握力を全開にして、シュガーの首を粉砕しにかかる！

「ぐ、あ、あああ——っっ……！」

「もはや神は二人要らぬ。倭の当て馬となって、死ね、シュガー……！」

ばきばきばきっ、と砕けていく自身の骨の音に、とうとうシュガーは失神して身体を弛緩させる。菌神の絶命を目前に、ラストの手がますます力を増す、

そこへ、

『お待ちくださいっ、お待ちを、ラストさま——っっ!!』

「……!?」

聞き覚えのある羽音がラストの耳元をかすめると、それはそのまま火の玉のようなスピードで、気絶したシュガーの耳の穴へ飛び込んだ。

ぎょろり、とシュガーの瞳が暗黒色に変わり、弛緩した身体に再び力が戻る。

「!? 蝿、きさま!?」

『けぇイッ』

シュガー、いや、その身体を乗っ取ったンナバドゥは、菌神のパワーを使ってラストの手をはねのけ、かろうじて地面に着地する。

『ハァ、ハァ、ハァッ、んぐ……お、お待ちを。ラストさま、どうかお待ちくださいッ』

「今頃出てきて、どういうつもりだ。」

ラストはンナバドゥの行動が解せずに、威圧を強めて言い募る。

「今、そいつを殺すところだ。中から出ていかねば、おまえごと潰すぞ。」

『ラストさま。菌神シュガーを、殺してはなりませぬ』

ンナバドゥは荒い息をつきながらも、ラストの足元でなんとか言葉を続ける。ここまで怒っているラストに対して進言するということは、小心者の羽虫に極めて珍しいことだ。

『この菌神シュガーの肉体こそ、森羅万象の頂点に立つマテリアル。この身体を蝿めにお預けください。必ず、御身のお役に立ちましょう』

「必要ない。そこから出ろ。」

『老いられたそのお身体も、このシュガーがあれば修復できます！　いや、修復どころではない。菌神の力さえあえば、これまでの十倍、いや百倍にも力強く、美しいお身体をご用意できるのですぞ――』

「いい加減、黙れ、愚物!!」

ついにラストの無表情が憤怒のそれへと変わり、咆哮でンナバドゥを竦み上がらせた。

『ひっっ!!』

唯一の武器とも言えるよく回る舌ですら、恐怖で痺れたように動かない。

「蝿の脳にもわかるように教えてやろう。一つに、この『老い』は、倭の油断への戒めであり、治す必要はない。二つに、倭の力を百倍にもできる力なら、それ自体が最大の脅威。何より優先して潰すべきである。」

『ぐううっ……⁉』

ンナバドゥにとって、これは手ごわい返答である。

『(こ、こいつ……年を取って、考えが成熟している！　まずいぞ、これまでは、いくらでも言いくるめられたものを……)』

「……考えてみれば、蠅よ。常に倭とともにあり、甘やかし、倭の慢心を促していたのは、おまえであったよな？」

『な、何を仰せになります。この蠅、御身のために――』

「その魂胆、知ったことではないが。」

ラストはそこで、どうやらすっぱりと考えを切り替えて、その片腕に必殺の歯車圏を回転させだした。

「いずれにせよ、おまえももう、必要ない。」

『ラストさま、そんな、ま、まさか⁉　この蠅めが、必要ないはずがない。これまで身を粉にして尽くしてきた。御身の頭脳となって、いかなる仕事もこなしてきた！　美麗なる錆神の君臨のために、全ての汚辱を引き受けてきたのですぞっ！』

「ならば喜べ。暇をくれてやろうというのだ。」

どうやらシュガーごと、ンナバドゥも粉砕するつもりである！

あまりの畏れに身体中をがたがた震わせながら、ンナバドゥはしかし、この極限下でその頭脳をフル回転させた。

『あ、あと一歩……あと一歩だというのに。菌神シュガーの身体さえ手に入れば、うぉれの念願叶うというのにっ！　思いつけ思いつけ……何か思いつけ、ンナバドゥ！』

「死ね。」

『わあああ、いやだあああ――っっ!!　――はっ!?』

死の気配を眼前にして、ンナバドゥの脳裏に、乾坤一擲のアイデアがひらめいた！　それはシュガーの中の超信力を喚起し、その手に大菌棍を顕現させる。

『閃いたぜ、ボケがあーッッ!!』

「!?」

『時空を貫けィッ、〈アカシャ・リターナー〉！』

時空干渉の力を帯びた大菌棍はそのまま中空へ伸びあがって、白時空の壁に穴を開ける。亜空間から吹き付ける風が、ひととき砂塵を舞い上げてラストの眼を曇らせた。

「いまさら、時空転移か？」

眼を細めながらも、ラストは呆れたような声だ。

「所詮は蝿のひらめきだな。どこへどう逃げようと、倭からは逃げきれん。」

『うぉれが、逃げるんじゃァ、ねえ……』

「？」

『やつらが〈帰ってくる〉のさ……！』

汗だくのシュガーの顔に、ンナバドゥの卑屈な笑みが浮かぶ。そしてはるか頭上に開いた時空穴から、何か太陽の輝きが迫ってくる。

「――何かくる。この気配は、まさか⁉」

『きゅひひひっ‼　今頃気付いたか、バカめ……』

亜空間を飛来してくる、赤い二つの星。

流星は超信力(ちょうしんりき)の意志力を伴って、錆神(さびがみ)へ叫ぶ！

「ラストォォ――――ッッ‼」

《おれの、》

「あたしの、シュガーに！」

「《手を出すな――――ッッ‼》」

羽虫のンナバドゥに天運あった。

『バカにはバカをぶつけんだよ。バカ同士遊んでろ、バァァ〜〜〜〜カ‼』

15

どがんっっ!!

「がっっ⁉⁉」

飛来する流星の右ストレートが、完全にラストの顎を捉えた！

（ばかな⁉）

およそ生命あるものが、錆神の身体に傷をつけることなど、ありえない。

しかしラストの身体は拳撃の衝撃で浮き上がり、ひねりを加えながら盛大に吹き飛んだ。飛び石のように二度、三度を地面を抉って、大地に激突して白煙を上げる。

「……げへっ、げっ、げぇえ……!!」

ラストは驚愕とともに、俯いて錆をびたびたと吐き散らした。吹き飛んだ下顎から、千切れた舌がぼとりと落ちて地面を染めてゆく。

（あ……あり得ん。この宇宙に、倭に傷をつけられるものなど——）

「もう、居ないはずだ、ってのか？」

白煙を透かして見る流星の着地点で、外套が太陽色にはためく。

ゆらり立ち上がる巨軀のキノコ守り。風が外套を捲り上げれば、そこから錆神を砕いた逞しい腕と、刻まれた真我の刺青が露わになった！

「そりゃどうやら、見当が甘かったな……」

「──おまえは、双子茸の、レッド‼」

《やったぞ、レッドっ！》

ラストの視線を正面から受け止めるレッドの額を、ばしばしとビスコが叩いた。

《おまえのパンチが効いた。あいつの神格に、真我の力が届いたんだ！》

（………みんな。）

レッドはビスコの言葉に、ラストを殴った自身の右拳を眺め、全身に纏った刺青の加護に静かに眼を閉じる。

（あたし、やってみる。だから見ててくれ……）

《あれっ。シュガーはどこだ？》

その一方、肩に乗ったビスコがキョロキョロと周囲を見回すも、先ほどまで危機にあったシュガーの姿は忽然と消えてしまっている。

《どっかへ消えちまった！》

「──一度、喰い終わった、人間が。皿の隅っこの、残りかすが。」

「ビスコ！　ラストが仕掛けてくるぞっ！」

レッドの言葉が終わる前に、

「今更、しゃしゃり出てくるなッッ!!」

ぎゅんっ！　と空気を裂いて、錆神ラストがバーニアを噴かして躍りかかってきた。そのスピードはもはや、風圧が大地を断り裂くほどである！

（不意を打たれて驚いただけだ。神と人、力の差は歴然……そして今の倭には、人間を侮るかつての油断はない。）

兎狩りに全力を尽くすライオン、いや、もはやアリ一匹に命を懸ける象のごとく、錆神の神威が全力で歯車圏を回転させる。

「その微力を尽くす間も与えんッ!!」

もはや瞬きすら間に合わない速度。ラストは上体を捻り、レッドの腹を目掛けて超威力の一撃を叩き込む！

どがんっっ!!

（……死んだか。）

歯車圏がレッドの腹部を突き破る感触に、ラストは必殺を確信し、ほくそ笑む。

「身の程、知らずが……はっ⁉」

そして、その直後に愕然と目を見開いた。

なんとラストの右拳は、突き破ったレッドの腹、その腹筋に喰い止められて、逆にその動きを拘束されてしまっていたのだ！

「──終わりか、コラ。」

「こ、こいつ⁉」

「良い機会だし教えてやるぜ。嫌いなやつを、殴るときは……」

「よ、よせ──」

「こうすんだよォ────ッッ‼」

どがんっっっ‼

拳を突き刺したままのラスト目掛けて、反撃の左フックが決まった‼

そのとんでもない威力は、食い込んだままのラストの右肩を千切り飛ばして、本体をまたも強烈に地面に打ち付けた。ラストが地面を跳ね飛ぶたびに、ぼぐん、ぼぐんっ！　とキノコが咲いて、その威力を加速させる。

「ぎゃぼあっっ⁉⁉」

（があああ……あ……あり得ん、）

削れてゆく自分の身体を自覚して、ラストの額に汗が浮かぶ。

（上回っている⁉　この錆神の力を、人間ごときが！）

《レッド‼》

一方、ラストに追撃をかける余裕もレッドにはなかった。腹から敵の腕を引き抜き、思わず吐血するレッドに、ビスコが呼び掛ける。

《腹に穴が。お前、肉を斬らせて……！》
「スピードは向こうが上なんだ。捕まえるには、これしかない」
《だからって、こんな……！》
「あたし、勝つよ、ビスコ。」
口元の血を拭って、ぎらりと笑顔を輝かせるレッド。その確信ありげな瞳と見つめ合って、ビスコはひととき言葉を失う。
「いまなら信じられるんだ、自分のこと……みんなが愛した、赤星ビスコを！」
《……よし！》
それ以上のことばを野暮と思い、ビスコは正面からレッドに頷き返す。そして自らはキノコの身体に超信力を漲らせ、レッドの腹にぴたりと張り付いた。
《怪我はおれが治す！　存分にやれっ！》
「わかった！」
「あ……あっては、ならない。」
ラストは己の身体を再生しながら、ぶつぶつと口の中で呟き続ける。
その身体は先の一撃でまたも『老い』を刻まれており、見た目で言えばすでに三十代といったところだ。
「蹂躙するのが、倭だ。踏みにじるのが錆神なのだ。こんなことが、こんなことがあってはならない……錆神が、蹂躙され、踏みにじられるなどと……」

錆神の立場からしてみれば、カリスマは絶対であり、魂を隷属させるには不可欠なものである。それを辱められたのであるから、これはラストにとってみれば耐えがたいことに違いない。

「──なかったことに、する。」

ラストは身体中の歯車圏を右腕に集め、長大に渦巻く歯車のドリルを形成した。優雅・耽美を重んじるラストには似つかわしくない武器だが、これは確実にレッドを消し去ろうという考えであろう。

「おまえの存在をすりつぶし。この倭の記憶からすらも、消し去ってくれる。」

「御託はいいから、来いよ」

顎でしゃくるようにして、レッドがラストを誘う。

「お喋りが多いのは、ビビってる証拠だぜ、ラスト……!」

「畏怖するのは、おまえだっ‼」

ラストが再びバーニアを噴かし、飛び掛かってくる！　身構えながら、レッドは極限の集中力でそれを眼前に捉える。

（あのドリルの先端を、へし折れば──）

《！　レッド、あぶねえっ！》

足元を見つめていたビスコが、眼を見開いて叫んだ。先ほど千切れたラストの片腕がいくつもの歯車に変形し、レッドの両脚に喰い込んで動きを封じたのだ。

「！　しまった！」

「おまえたち人間、与えられるも、奪われるも！」

必殺を確信したラストは、カッと眼を見開いて、その場から動けないレッドの胸に、必殺のドリルを突き立てる！

「錆神の意のままなのだ――――ッッ!!」

ずばんっ！

「がばっっ!!」

「死ぃいいねぇええええええ――ッッ!!」

レッドの胸を貫いた歯車のドリルが、容赦なく回転してその肉を、臓腑をえぐる！　飛び散る夥しい鮮血が、レッドとラストの肌を赤く染めてゆく。

「ぐああああ……!!」

「後悔しろ。絶望しろ。懺悔しろ！　魂をすり潰す極上の苦しみをくれてやる。倭に詫びながら死んでゆけ、双子茸のレッド!!」

《レッド――――ッッ!!》

「ぐうううう、」

「わはははは……。……。はっ？」

「うううううおおおおお——っっ……!!」

その、一秒でも味わえば正気でいられぬ、地獄の苦しみの中で……

双子茸レッドの両の瞳は、痛みすらを糧にして希望に輝いた!!　レッドは何と自らそのドリルを深くその身に突き刺し、とうとうその腕にラストの身体を捉える。

「つか、まえ、たぞ……!!」

「ば……ばかな!?　心臓を、肺を轢き潰されて、何故動ける!!」

《やれ——っっ、レッド——ッッ!!》

「——こ、こいつが……!!」

致死量のダメージを与え続けられているレッドの身体は、なんとそれを同じスピードで、ビスコの超信力によって治癒されていたのだ！　咄嗟にビスコを攻撃しようとするラストの身体を、クロスしたレッドの両腕が完全に抑え込む。

「受け止めてみろ、ラスト。これが、赤星ビスコの、」

「や、やめろ——」

「魂のハグだああ————ッッ!!」

めぎめぎめぎ!!

「——ぎゅおわああああ————っっ!?」

錆神のそれを上回る、凄まじい威力！　真我の力で強化されたレッドの巨軀は、漲る膂力でラストの身体(からだ)を砕き、胸に、背中に、次々に亀裂を入れてゆく。

圧倒的硬度を誇るはずの錆神(さびがみ)の身体(からだ)が、人間の肉と膂力(りょりょく)によって、今まさに粉々にされようとしているのだ。

「がおおっ、やめ、は、はなせ、はな……」

「うううううおおおおお――――ッッ!!」

「ぎゃがあああああ――っっ!!」

レッドの身体(からだ)に力が漲(みなぎ)れば、刺青(いれずみ)がさらにその輝きを増し、一層その加護を増してゆく。しかし同時に、回り続ける歯車のドリルも、レッドの臓腑(ぞうふ)をかき回し続けている。

《レッド!!　それ以上はだめだっ！》

全力でレッドを治癒しながら、ビスコが叫ぶ。

すでに過剰な超信力(ちょうしんりき)を注ぎ続けているレッドの身体(からだ)は、ナナイロの胞子で飽和状態にあり、これ以上治癒すれば、キノコになって弾(はじ)け飛んでしまうのだ。

《これ以上は、おまえが爆発しちまうっ！》

「おおおおおお――――ッッ!!」

「ぎゅ……が……あ……」

もはや錆神(さびがみ)は消失寸前……

《(このままいけば、勝てる……!!　でも、それじゃレッドが！)》

しかしまた同時にレッドの身体も限界であった。ビスコは一瞬の逡巡の後に、強く眼を瞑って頭を振り、究極の決断をする！

《ちくしょ――っ！》

「うおおお……おおっ⁉」

飛び跳ねたビスコが放つ、渾身のドロップキック！

キノコの身体に全力をこめて、レッドの身体を蹴りつけたのだ。その衝撃でレッドの身体からドリルが抜け、ラストを解き放ってしまう。

「バカ！　ビスコ、何して……うわあっ！」

ぼぐんっ！

直後、レッドの足元を爆心地にして、巨大なキノコの炸裂が起こった。レッドはビスコの蹴りによって間一髪で直撃を免れ、ゴロゴロと大地を転がってゆく。

「げほっ、げほ……！」

胸に空いた穴が、超信力で塞がってゆき、ふたたび刺青の輝きを取り戻す。しかしレッドには自分の命より、必殺の確信がなかったことが気掛かりであった。

（あ、あたしは、やったのか⁉）

腕の中で、確かにラストの神格を削り取ったのはわかった。しかし必殺の手応え、神威消失の確信には、もう一歩及んでいない。

（まだだ。ラストは生きてる！　あいつ、一体どこに……）

「ぜひゅ。」

「ぜひゅ、ぜひゅ。」

「い、息が、くるしい。」

「ぜひゅうう。」

「……ああっ!!」

白煙が晴れてゆくと。

そびえるキノコの森の前に、茫然と立つ錆神の姿があった。いや！　もはやその姿は、錆神らしきもの、と言ったほうが正しいやも知れぬ。

ひび割れ、ただれた肌に、深く皺の刻まれた顔……。

いまや錆神ラストの有様は、完全に寿命間際の老人のそれだったからである。

「た、魂を、ぜひゅ、消費、しすぎたのか……。この、呼吸の苦しみはなんだ。なぜ、痛みが引かん。なぜ治らん!?」

「ラスト……!!」

「――こ、この身体は!?」

老神は、皺(しわ)まみれになった両手を見て驚愕(きようがく)し、慌てて自身の頬をぺたぺたと撫(な)でる。その手のひらに伝わる感触は、かつての潤いを失い、渇き切っている。

「ま、まさか。まさか、ああ、ああああ……!!」

自身の胸を見下ろせば、そこにはかつての美しい少年神の姿はなく、枯れ切った老人が膝をついているだけだ。ラストは「ひわあああ——っっ」と恐怖の叫びを上げると、ひび割れた爪で自分の顔を、身体(からだ)をかきむしり始めた。

「い、いやだ、いやだ。いたい、くるしい、みにくい!! こんなのは倭(わ)ではない。こんな醜いものが、錆神(さびがみ)ラストであるはずがない!」

「…………。」

「いやだああああ。」

老神の肉が爪によって削(そ)げ、すぐにまた再生してゆく。狂おしいまでのコンプレックスに悶(もだ)え続けるラストを見ながら、レッドは憐(あわ)れむように睫毛(まつげ)を震わせた。

「ラスト。それが、人生だ……」

レッドは向き直りながら、わずかに哀れみの混じった瞳を、老神に向ける。

「おまえが軽蔑してきた、人の祈り、願い。老いた今ならわかるはずだ……それらがどんなに切実で、大切なものだったか」

「ぐううおおおお……!!」

「いい勉強したぜ、おまえ」

レッドが決意とともに刺青を輝かせ、くずおれる錆神めがけて歩を進める。ラストは地面に倒れ伏しながら、恐怖と悔恨の嗚咽を漏らすばかりだ。

「安心しな。いま、引導を渡してやる――」

「――さえ、喰えば。」

「うん？」

「白時空の、魂を、全てまとめて喰らってしまえば。」

ぜひゅ、ぜひゅ、と細い呼吸を繰り返しながら、地に這うラストの落ちくぼんだ眼が、ぎらりと光った。

（こいつ、まだ！）

「若返るはずだ……倭の身体、かつての美貌に……」

「てめえっ、この期に及んで！」

「カアーッ！」

駆けだそうとするレッドの身体に、大口を開けたラストの錆のブレスが吹き付けた。今更、レッドにそんなものは通じず、片腕の一閃で薙ぎ払われる。

「目くらましがあたしに効くか。神妙にしろ、ラスト！」

しかし、

「きゅふ、さゅふふふふ……！」

「――ああっ⁉」

ブレスが晴れた後、老神ラストの片手に掲げられていたのは、

《う、ぐ……！》

《レッド、》

《ごめん……‼》

「ビスコッ‼」

もがきながら輝く、キノコの身体の赤星ビスコであった！

「きゅはははは……。超信力とやら、敵に回して手間取ったが。」

今のビスコはすなわち、純粋な超信力の結晶体。レッドの命を寸前で救ったビスコの行動が、皮肉にも仇となって、今や錆神の復活の切り札として使われようというのだ。

「手に入ればこちらのもの。倭の一部とさせてもらおう。」

「ラスト！　ビスコを放せっ！」

「放すわけ、ねーだろ、バ――カ。」

ラストは言いながら、自身の胸を引き裂き、そこへビスコの身体を埋め込む！

《うわ――――っ!!》

「おおお――――っっ。こ、これは!!」

ラストの身体に、ビスコの超信力が満ちる！　折れた膝や背筋は伸び、老いた肉体に再び力が戻ってくる。

「漲るぞっ。倭の力！」

「そんな!!」

「漲る漲る。はちきれる――――っっ!!」

ラストは喜色満面で叫ぶと、背中に歯車で作った翼を顕現させ、中空高く舞い上がった。そして自らの周囲に、いくつもの歯車圏を顕現させる。

「魂の、高潔？」

「我ながら、クッソくだらねえことに、こだわったものよ。」

「魂なんざ、食えればそれでいい。」

「死ね、死ね、」

「死ね死ね死ね、」

「どいつもこいつも、死ね！　生きてるやつは、死ね死ね死ね死ね――――ッッ!!」

どがん、どがん、どがんっ!!

射出された歯車圏（はぐるまけん）が、日本大陸のそこかしこに突き刺さって、巨大な爆発を起こす。

老神となったラストに、かつての美学など欠片（かけら）も残っていなかった。罪なき数万の命が、悲鳴も許されずに一瞬で奪われてゆく。そして犠牲になった魂たちは、もれなくラストの身体（からだ）へと吸い込まれてゆくのだ。

「わははあは。足りぬ足りぬ。もっと死ね。倭（わ）は、腹が減っているのだ。」

「——来ォォオオいッ、天蟹弓（てんかいきゅう）!!」

我が物顔で白時空を破壊するラストの様子を見て取って、レッドの刺青（いれずみ）が再び輝いた。覚悟とともにその名を呼べば、神を穿（うが）つ大蟹（おおがに）の弓がその手に顕現する！

「おや。撃つのか？」

しかし。

「撃てるのか、双子茸（ふたごだけ）のレッド。かつて、相棒を射抜けなかったおまえが……。この胸のおまえ自身を、射抜けるというのか？」

「くっ……!!」

「撃てまいよ。」

胸のビスコを指し示して、錆神（さびがみ）はにやりと嗤（わら）う。

「こいつを射抜けば、おまえは本当にこの世にひとりきり。孤独をおそれ、倭（わ）に傅（かしず）き、自らの死まで願った、おまえの！」

「その貧弱な性根など、すでに見透かしておるのだっ‼」

（ううっ……‼）

額に浮かぶ汗が、睫毛の先で球になって揺れている。

引き絞った天蟹弓を放てば、ラストを喰い止められる。しかし同時にそれは、自身の分身であるビスコの命を絶つことになるのだ。

（――撃てない。）

表情が苦悶に歪む。

（撃つのが怖い。あんなに、嫌いだったのに。あんなやつ、喰ってやろうと思ってたのに！）

「きゅかかか……、ばかめ！」

レッドが弓を迷ううちに、ラストの歯車圏が回り、狙いを定める！

そこへ、

《撃てえ――――っっ、レッド‼》

ラストの胸部でなすがままだったビスコが、最期の超信力を振り絞った。宿主の身体を伝って、ぼん、ぼんっ！　とラストの両手首にキノコを咲かせ、その攻撃を喰い止める。

「こ、こいつ⁉」

「ビスコ！」

《赤星ビスコの名前、おまえにやる！》

ビスコは全身に力を漲らせながら、眼下のレッドに叫ぶ！

《だから、おれの大好きな、世界を助けてくれ。おれを好きになってくれた、みんなを！　その弓で護ってくれ、ビスコ——ッッ!!》

その時。

ビスコの全霊の叫びを聞いて、レッドの奥底から、

《愛》が——

止めどなく溢れるのがわかった。

目の前の自分自身を、その時確かにレッドは、愛おしいと思ったのである。そしてその瞬間、待ち望んだ最後のパーツが揃ったかのように、刺青が一際光り輝いた。

(——そうか。)

(あたし、好きなんだ。)

(ビスコのこと……。)

刺青の中の英傑たちが、優しく微笑むのがわかった。

レッドの震えが止まる。

血と求道の果てに辿りついた哲学の終点、
究極の《自己愛》の力もて、

「――万　魂　必　覚、」

引き絞った真我の弓を、いま解き放つ！

「真　我　赤　星　弓　ウウ――――――――ツツ！！！！！！！」

ずばんっっ！

「――な、何いいい――ッツ……。」

放たれた真我赤星弓の矢が、赤い螺旋を描いて中空を照らす。

そのスピードは初めは緩やかに、しかし確実に速度を増しながら、錆神ラストを標的として突き進んでくる。

《や、やった……！》

その矢の輝きを認めて、ビスコがやりきったように呻いた。

《おれたちの、勝ちだ……》

「うおおーっ、黙れッ！」

　ラストはバーニアを噴かし、赤星弓（せきせいきゅう）から距離を取ろうとする。しかし真我の矢は決してその追跡を緩めることなく、どんどんスピードを増してラストを追い続ける！

「追ってくるだと!?」

《赤星（あかぼし）ビスコのスピードは、ときどき、結果を追い越すことがあるんだ。》

「何いい……!?」

　戦慄く（わななく）ラストへ、ビスコは自身の死を目前にし、ぎらりと笑った。

《お前はもう射抜かれてる。念仏でも唱えたほうが、来世のためだぜ、ラスト！》

「馬鹿な、おまえも死ぬんだぞッ！　おまえも——おおお、」

　乾坤（けんこん）の赤星矢（せきせいし）が、とうとう逃げるラストを捉える！

「おおおおおわ————————っっ!!」

《（これで、）》
《（おれの旅は終わりか。）》
《（楽しかった……。）》
《（シュガー、ソルト！）》

《(パパは、あの世で、ずっと、)》

《(見守っているぜ……!!)》

《(……。)》

《(…………。)》

《(様子がおかしい。…………あれっ。)》

《(──こ、これは、)》

「これはっっ⁉」

眼(め)を開けて、ビスコが中空で驚愕(きょうがく)する。

なんと射抜かれたはずの自身は、キノコの身体(からだ)から、健康優良な少年のそれへと戻っているのだ！

服や外套(がいとう)、ゴーグルまで復元する念の入り様である。

「戻ってる、俺の身体(からだ)が!!」

ビスコは自身の身体(からだ)を眺めまわして、ひととき喜ぶものの、やがてはためく外套(がいとう)の感触で、自分が空から落下していることを自覚する。

「──どわあああっ、落ちる!!」

どすん！

「……痛っ……たくない？」

受け身ままならず落下する、と思いきや、

「着地ぐらいしろよ。世話かけんな、バカ」

「レッドっ‼」

その身体を地上で抱き留めたのは、双子茸レッドの巨軀であった。

両手で抱えられたビスコは両目をパチパチと瞬きながら、何が起きたのかわからないといったように、きょろきょろと周囲を見回す。

「な、何が起きたんだ？　おい、降ろせ！」

「あのな。受け止められたやつのセリフか、それが？」

「おまえの弓は、確かに俺を射抜いたはず。ならなんで生きてる？　いや、それどころか、すっかりもとの身体に――」

「真我赤星弓は、勝利の弓じゃない」

ビスコを降ろしてやって、レッドは落ち着いた声で言う。

「殺すんじゃなく、生かす弓なんだ。矢が触れた、すべての魂を励ます弓。ジャビの大胞子如来が導いてくれた、あたしの究極奥義さ」

「なるほど。だから俺の身体が戻って……」

言いながらビスコはハッとして、

「待て。じゃあ、肝心のラストは‼」

「……。」

レッドはその言葉を聞いて、ビスコがもといた中空を顎で示してみせる。

「──ああっ‼」

そこには、なんと……

消滅するどころか、赤星弓の力で完全に回復し、青年の姿を取り戻した錆神ラストの姿があった！

ラストははじめ驚いたように自身の身体を確かめていたが、

「……はははは。あはははは……。」

すっかり力を取り戻した自身に安堵して、

「──最後の最後で、血迷ったようだな、双子茸レッド。」

高笑いとともに、二人のビスコを見下ろす。

「よりにもよって最悪の決断をしたものだ。己の分身を生かしたいがために、倭の肉体ごと再生するとは！」

「ば、バカヤロー‼」

ビスコは青ざめて、レッドの外套に縋り、引っ張る。

「あと一歩だったのに。あいつが無傷じゃ、意味ねえだろっ‼」

「引っ張るな。おまえより生地のいいマントだ」

「言ってる場合か⁉」

「つくづく救いようのないバカだ。おかげで助かったぞ、双子茸レッド。年老いた姿にさせられたときは、肝が冷えたが……その赤星弓とやらで、倭の身体も元通りだ。錆神としてのカリスマも、これで保たれる。」

すっかり余裕を取り戻し、饒舌に語りはじめるラスト……

しかしその一方、レッドは表情を変えずに腕を組んだままだ。怪訝な様子で両者を見比べるビスコの視線の先で、ラストが攻撃体勢を取る。

「儚い夢が見れたな、レッドよ。」

突き出されたその右腕に回転する、必殺の歯車圏！

「しかしこれが現実だ。はじめから、おまえごときに滅される、倭ではないのだ！」

「おまえを、滅するのは……」

そこで、ようやく、
レッドがその炎の唇から、凛々しい声を発する。

「はじめから、あたしじゃ、ない。」

「……なにい⁇」

「己の内に、耳をすましてみるんだな。」

レッドの確信に満ちたことばが、ひとつひとつ紡がれるごとに……ラストは、自身の身体にゆっくり忍び寄る、焦げ付くような熱に気付きはじめていた。

「感じるはずだ。おまえの中に、魂たちが目覚める熱を……」

「な……何だ？」

じわり、じわり……

「あ、熱い、身体が……！」

それは身体の奥から這い上がるようにして、やがて美しい肌に浮き出る！

「こ……これは、なんだ。倭の肌に、何かが――」

「あれは……!!」

「うわああ――っ、何だ、これは!!」

自身の身体に浮き出た紋様を見て、ラストが戦慄いた。

その白い肌に焼き付くように刻まれたのは、かつてレッドを苦しめた、灼熱の刺青だったのである！　刺青たちは後から後から、ラストの肉体を食いつぶすように、すさまじい熱を伴って内側から浮き出てくる。

「刺青!!　そうか、あいつの中にいた、魂たちが!!」

「赤星弓で目覚めたんだ」

レッドは腕を組んだまま、結末を確信している。

「人の魂を食い散らかして、願いをばらまいて。支配した気になってた、あいつの……」

「や、やめろ、おとなしくしろ！」

「これが、最期さ……」

「み、身の程を知れ、クズどもが……」

「人間の魂ごときに、」

「錆神の肉体が、喰い破れるものかよ。」

「喰うのは倭で、喰われるのが人間。それが絶対のルールなのだ！」

「見ていろ、こうして力を込めれば、すぐに、」

「すぐに……！」

「………、」

「………、」

「すぐに、」

「………!!」

「おいっ！」

「やめろ、おまえら、もうやめろっ！」

「倭の与える願いが、欲しくないのか!?」

「倭の身体を焼いて、どうする⁉」

「現実が怖くないのか。」

「おまえらごときが、いまさら倭なしで、いられると思うのかあっ‼」

　じわじわと焼かれていく自身の身体に慄き、肉をかきむしって引きはがすラスト。

　しかし内側から湧き上がる刺青の勢いは留まるところを知らず、やがてその表情までも灼熱に飲み込んでゆく！

「あ、熱い。熱い、熱いっっ‼」

「蝿ええ――っっ‼　どこだ、どこにいる！」

「なんとかしろ、」

「なんとかしろ、なんとかしろ‼」

「わ、ああ、わああ………⁉」

「殺される、」

「人間ごときに、殺される！」

「あ、あ、うああ、」

「ばああああああ――――っっ⁉⁉」

ぼうっっ‼

とうとう炎に包まれたラストの身体(からだ)は、天空までを貫く一本の火柱と化し、燃え滾(たぎ)るビスやネジを大地にばらまいた。

まるで太陽のように燃え続けるラストの肉体は、その神たる耐久力から滅びることなく、死と転生を繰り返し続け、

『かなえたまえ』

これまで喰(く)らった魂の、祈りのぶんだけ燃え続ける。

『かなえたまえ』

「わあああああ――っっ。」

『かなえたまえ』

「た、助けて、」

『かなえたまえ』

「あつい、あつい、いたいいい――っっ」

「レッド！」

火柱の中で悶え狂うラストの姿を見て、ビスコが鋭い声を放った。

「大変だ。あいつ、死ねないんだ！」

「介錯するのか？」

「当たり前だ。もう勝負はついた！」

レッドが異議を唱えることはなかった。「よし。」とビスコの眼を見つめてひとつ頷き、燃え続けるラストに視線を移す。

「なら、超信弓を射るしかないぜ」

「超信弓を⁉」

「そうだ。燃え続ける魂たちの怨念を、成仏させてやらなきゃ。それにはあたしの弓じゃだめだ。夢見るおまえの、超信弓の力がいる！」

「そんな事言ったって、ミロなしで——」


「だれか、」

「だれか！」

「たすけて————っっ!!」

「くそう……!!　この声、聴かされて！」

ビスコはその声を聴いて歯を喰いしばり、自分に残った超信力を振り絞って、奇跡の超信弓を顕現しようとする！

「黙ってられるかッ！　来ォいッ、超信弓ゥ――ッッ‼」

錆喰いの胞子は、宿主の声に応えて舞い上がり、弓となって両手に収まるものの……。

（――！　だめだ、超信弓じゃない！）

超信弓の発現には、やはり力及ばなかった。

超信弓は本来、ビスコとミロがお互いに向ける、信じる心の螺旋によって無限を産み出すもの。ビスコ一人だけでは、奇跡たりえないのだ。

（やっぱり、俺一人じゃ……！）

「やれる。」

「――！」

歯嚙みするビスコの腕に、

逞しいレッドの手が、後ろから添えられた。背中に感じるレッドの鼓動のあたたかさに、ひときビスコの冷や汗が止まる。

「あたしが、かならずできると信じてやる。だから、」

「――。」

「自分を信じろ、ビスコ！」

そのとき！

レッドの刺青が光り輝き、未完成のビスコの弓に力となって流れ込んでゆく。

〈赤星ビスコ〉の、自分自身を信じる力が、

「──うおおおっ、これは‼」

その手に、ついに孤高の超信弓を顕現させる！

「できたじゃねえか。」

微笑むレッドの声に励まされて、そのまま弓を引き絞る。驚きは確信に変わり、ビスコの翡翠の瞳に、いつもの必中の輝きが戻ってくる。

「──当てる！」

「これが、赤星ビスコの……！」

「「真　我　超　信　弓　だァア────ッツ‼　」」

ばぎゅんっっ‼

極光を放つ真我の矢がビスコの手からひらめいた瞬間と、燃え逝く錆神の身体に風穴が空くのは、まったくの同時であった‼

「あ、」

「あ……、」

「涼しい……。」

ぼぐんっ、

ぼぐんっ、ぼぐんっ、

ぼぐんっ、ぼぐんっ、ぼぐんっ、ぼぐんっっ!!

真我の力と超信力の相乗効果が、ナナイロのキノコで錆神のパーツを四方に弾き飛ばし、ついにその神格を消失させる。

そして錆神の中で猛り狂っていた魂は、導きによって平穏を取り戻し、今度こそ輪廻の中へ還ってゆくようだ。

「……成仏しな、みんな——」

ビスコは言って、弓をゆっくりと下ろした。超信弓はすぐにその形をほどき、虹の胞子になって中空に霧散してしまう。

「おい、ビスコ！」

その背中をばしんとはたいて、レッドがけらけらと笑った。

「まぐれでも、本当にやっちまうバカがいるかよ。一人で超信弓を出すなんて！」

「て、てめえが、出来るって言ったんだろ!!」

「お世辞にきまってんだるるぉ？」

ビスコの顎を指で「ぐいっ」と近づけ、レッドがにやにやと犬歯をのぞかせる。その様子は怒りや焦燥を捨てて、戦士の自信に満ち溢れるようだ。

「扱いやすいったらねえぜ。お姉さんがちょ～っと励ましたら、まんまと乗せられやがってよォ」

「どこがお姉さんだ。でけえだけだろ、てめえ！」

「女の子相手に、言葉を選べよ、チビ‼」

「デブ」

「ついに言ったか、コラァァ——ッッ‼」

二人のビスコは激戦の疲れも見せずに、二匹の虎のように取っ組み合ってゴロゴロと転がる。しかしパワーにおいてはやはりレッドが上回るのか、数分の格闘の末、とうとうその巨軀がビスコを抑え込んでしまった。

「はあっ、はあっ、あっはは、思い知ったか！」

「くそ——っっ！　放せ‼」

「…………。」

レッドは汗を浮かべて、ビスコの瞳と眼を合わせた。

四つの翡翠が、ひととき、瞬きもせずに見つめあう。ほつれたレッドの髪が垂れて、鼻先を伝った汗が、ビスコの額に落ちる。

「……あ、あのさ。」

「???」

「えっと、」

「あの。」

「ありがと……。」

レッドはそのまま、ビスコに覆いかぶさるようにして、その唇をよせていく。何が起こっているのかわからないビスコへ、レッドはついに口づけしようとして――

そこで、

『ぶ～ん。』

「……!!」

耳元を舞う甲高い羽音に、咄嗟（とっさ）にその身体（からだ）をひらめかせた。ビスコも慌てて跳ね起き、その羽音から距離を取る。

「ンナバドゥッ!!」

『あああ。なんてことだ。なんてことだ……』

羽虫のンナバドゥに、どうやら攻撃の意志はない。二人を素通りしてよろよろと空を泳ぎながら、燃え尽きた錆神の、その残骸へ近づく。

『おおお何たることか。可愛い可愛い錆神さま。あの無垢な美貌が、いまやこの有様……おおお。おいたわしやラストさま。おいたわしや、おいたわしや……』

ンナバドゥは焦げ付いた歯車のひとつに留まると、ちいさな身体をわなわなと震わせて、哀れっぽくすすり泣いた。

『おいたわしやあああああ……』

「おまえの野望も、これまでだ」

レッドはずいと一歩進み出て、羽虫めがけて大きく声を張る。

「観念しな、ンナバドゥ。ラストがため込んだ魂は、まだ数十億の備蓄があるはず。それを解放して、おまえも一匹の虫にもどれ！」

『ううう〜っ。しく。しく。ラストさま。ラストさま……』

『しく。しく。……。……。』

『きゅふっ。』

『きゅふっ、きゅふふふふふ……………きゅふはははははっ‼』

『きゃ――っはっはっはっ!! 馬ぁあぁ鹿め、クソ餓鬼めが!! 今まで散々、虫だ蝿だと罵ってくれやがって。その蝿一匹が居なければ、結局このザマ……。ゴメンナサイと謝る口すら、燃え尽きたか、ボケが!!』

「「!?」」

呆気に取られるビスコとレッド。

錆神の忠臣たるはずのンナバドゥが、いきなり主君の死に喜びまわり、大声で嗤いはじめたのだ。その形見の歯車を、『どうだオラッ』『どんなだコラァ』と小さな脚で蹴ったり殴ったり、まるで品位のない振る舞いである。

「こ、こいつ!?」

「おいっ! 仮にも主君と仰いだ錆神だろ。それ以上辱めるな!」

『主君ンン?』

羽虫はレッドの言葉にきょとんと動きをとめ、ややあってまた『ぎゅはは』と嗤い転げた。

『そういう〈設定〉なだけだぜ。カリスマがなければ魂は集まらない……だからわざわざマネキン人形のコイツに、〈錆神〉なんて冠をつけて、今日までおだててやったんだろ?』

「……錆神ラストが、ンナバドゥの創造物!?」

レッドは固唾を呑んでわずかに怯むが、すぐに闘志を取り戻して吼える。

「寝言抜かすな。どのみち、あたしがおまえに勝ったことは、変わらない!!」

『うぉまえが、うぉれに、勝っただと?』

ンナバドゥはダメ押しの一蹴りをラストの遺骸へ入れて跳び上がり、中空で羽ばたきながら、自分を睨むレッドを嘲るように言った。

『なんにも知らねぇバカ女が。いいか、よく聞け。うぉれが創造したのは、錆神なんて小さなものじゃない――このうぉれが、創ったのは!!』

「うらッ!!」

ンナバドゥが誇らしげに何かを口にしようとした矢先、電光のようにレッドの身体が閃いた。レッドは手に持った矢を、そのまま羽虫めがけてぶん投げたのである。

ンナバドゥは咄嗟に小さな身体を捩るも、その身体についた六本脚のうち一本が、鏃をかすめて吹き飛んでしまう。

『――ぎゃぁああっっ!?』

「べらべら喋ってんじゃや、ねえぜッ!!」

『うぉ、うぉれの右の末脚が。ぎゅわああ……痛え。痛えよお。痛ィイイでえええよォオオオ――ッッ!』

「レッド!!」

「手を出すな、ビスコ! こいつは危険だ、あたしがケリをつける!」

「違うッ！　レッド——お前、脚が!!」

　自分を掴む、血の気の引いたビスコの声に、レッドは違和感を覚え、ふと体勢を崩してその場にくずおれる。

　その、筋骨隆々の右脚が——

　無数の胞子に分解され、忽然と消え失せてしまったのだ!!

「こ……これは!!」

　痛みはなかった。

　そもそも攻撃されたのなら、いまのレッドの実力で感知・反撃できないはずはない。これはビスコが受けた〈虚構時空〉の干渉攻撃と同じ現象である。

「何をされたんだ、レッド!!」

「消えちまった。あたしの右脚が……!?」

『自業自得だ。創造主を倒せば、〈虚構〉は消え去る……!!』

　愕然とする二人のビスコへ、ンナバドゥが玉の汗をぬぐいながら言い募る。

『ケルシンハの有様を見たはずだ。それと同じことだぜ』

「同じなわけがあるかッ！」

「そうだ。何故おまえを倒して、あたしが消える!!」

『おめでてえ奴だ。〈双子茸のレッド〉……。』

ンナバドゥは、脚をもがれた激痛の苦悶（くもん）の中、荒く息をつきながらも——
嘲るような笑みを浮かべ、トントンと自分のこめかみを叩（たた）いた。

『うぉまえを創造したのが、』

『うぉれだからさ。』

『いや、うぉまえだけじゃァない。』

『錆神（さびがみ）も、双子茸（ふたごだけ）のブルーも、うぉまえの息子も、』

『うぉまえの人生すべてが〈虚構〉なのだ。』

『黒時空の世界そのものが、うぉれの創った巨大な〈虚構時空（サブナー・アカシャ）〉なのだ‼』

二人にとって衝撃的な言葉が、羽虫の喉から絞り出された。

延命のため、苦し紛れの詭弁（きべん）を吐いたのか。レッドは確かに失った脚を眺めながら、それでも羽虫の言葉に食って掛かる。

「……そ、そんなことが、あるはずない…‼」

声は震えている。

「あたしの人生が、苦しみが、全部まぼろしだったなんて。そんなこと‼」

『だったらこれでどうだよォォ——ッッ‼』

レッドの反論が終わる前に、激昂したンナバドゥが、自ら一本の脚を引き千切る。『ぎゃぁああ～ッッ』と響き渡る羽虫の悲鳴と同時に、

「ううっっ⁉」

今度はレッドの鍛え抜かれた右腕が、胞子の粉に分解され、煙のように消え失せてしまった。レッドは今度こそ衝撃にその眼を見開き、わなわなと瞳を震わせる。

「そ、そんな……それじゃ、あ、あたしは……！」

『うぉまえは劣化コピーさ。オリジナルである赤星ビスコから分岐した、ひとつの可能性にすぎない。これでわかったか⁉　はじめから勝ち目なんざ、億にひとつもなかったってことが！……ぐぎゃああ、い、痛え、いてえよ、脚がァ～ッッ』

苦しむンナバドゥに呼応して、レッドの身体もどんどん消失してゆく。ビスコは咄嗟に苦渋の声を上げて、

「くそッ‼」

羽虫の身体をその両手に包むと、錆喰いの胞子を湧き立たせ、その治癒力をもってンナバドゥの脚を再生させた。

『いでぇえ～ッッ……おや？　おおっっ！　脚が生えてるぞっ！　うぉれの脚がもとに戻ってるゥ。キャッキャャッ……』

ンナバドゥの再生と同時に、消失したレッドの腕、脚も戻ってきた。しかし肉体はともかく、

その精神的ショックは計り知れるものではない。

「てめえ、ただ賢いだけの虫じゃねえな。一体何者なんだ……どうやって、レッドの世界を創ったんだ。その力、どこで手に入れた！」

『うぉれが、何者か、だって？』

ンナバドゥはピタリとはしゃぐのをやめて、その複眼に暗い復讐(ふくしゅう)のほむらを滾(たぎ)らせ、ビスコを正面から見つめた。


『うぉれが何者か。』

『うぉれがなぜ、異なる未来〈虚構〉を作れるのか。』

『うぉまえには、わかってるはずだ、赤星(あかぼし)……。』

『うぉれが、』

『何者かだって？』

『うぉまえが産んだくせに……、』

『少しは、自分で、』

『考 え た ら ど う な ん だ よ ォ ォ ――――ッツ!!』


怒声!!

たかが羽虫の、小指にも満たない身体から、呪われた怨嗟のどす黒いオーラが迸り、その怨嗟の力でビスコとレッドを襲う。

「うおおおっ!!」

その外套でレッドを護るビスコの心に、ンナバドゥの放った巨大な憎悪が飛び込んできた。それはンナバドゥの抱える夥しい絶望とともに、鮮明なビジョンとなって、赤星ビスコの瞼の裏に映し出される。

(こ、これは……!!)

『テツジンが貫かれたとき。ケルシンハがくたばったとき。』

有り得たかもしれない風景が、ビスコの脳裏を走る。

テツジンに滅ぼされた忌浜。

摩鑄天言宗による、全人類の信仰支配。

『本来あった〈滅び〉の可能性が、塗り替えられていった』

東京の再生の末の、日本完全都市化。

紅菱の大反乱による、人類の殲滅。

『世界から弾かれた〈滅び〉は、亜空間の海に漂い、その身を寄せ合って——』

猫病蔓延、そして人類の知能喪失。

大波濤による地球洗浄……。

『一匹の、羽虫に、なったッ‼』

次々と切り替わる〈滅び〉のビジョンが、感触や匂い、痛みまでを伴って、ビスコとレッドの脳裏を通過してゆく。

（そ、そうか……こいつは、ンナバドゥは！　俺とミロの弓が、塗り替えていった——）

『そうとも。』

『うぉまえになかったことにされた、滅びの未来の集合体。』

『それが、このうぉれ。』

『羽虫のンナバドゥだ！』

『ンナバドゥの使命は、超信力が捏造してきた、この未来を——』

『〈宇宙母シュガー〉の顕現により、粛清することッ‼』

ンナバドゥが羽根を広げて両脚を掲げれば、その上方に時空穴が現れ——

そこから、

「「あああっっ——‼」」

なんと、ビスコの娘・菌神シュガー、そしてレッドの息子である赤ん坊のシュガーの二人が、深い眠りに落ちた状態で現れたのである。

「「シュガ――――ッッ‼」」

『素体となる、菌神シュガー。それに合成する、黒時空のシュガー。養分となるのは、ラストが集めた大量の魂。素材は揃った……』

ンナバドゥはにやりとレッドを一瞥し、嗤った。

『ご苦労だったな、レッド。うぉまえが無事に守った子、有意義に使わせてもらうぜ』

「ま、まさか、」

あれほど気高く燃え盛っていたレッドの怒りが、躍る羽虫の前で、真っ青に青ざめる。

『おいおいどうしたレッド？ 泣くこたねえだろ。美人が台無しだ……ほら、うぉれみたいに笑ってごらん！ はい、きゃ〜ぴるんっ☆』

「――いや、やめて。あたしはどうなってもいい。だから、息子だけは……‼」

『何も問題ないとも。』

にこり。

『うぉまえに息子なんか、〈最初からいなかった〉んだからな』

「――てェめええ――ッッ！」

『おおッとォッ‼』

がきんっ‼

レッドの涙を見たビスコ、そのスピードは神速であった！ 腰から抜き放った短刀で、小指に満たない羽虫の身体へ、神威の一刀を切りつける！

　しかし、

『今まで何を聞いてたんだようぉまえは。うぉれが死んだら、どのみちこいつらは消えちまうって、わからねぇのか？』

（短刀が通らねえ……！　こ、こいつ、シュガーの力を⁉）

　全く力持たぬはずのンナバドゥの指先には、シュガーが発する超信力の加護が迸り、ビスコの力を正面から受け止めている！

『そうだ……、その顔だ、赤星……！　ようやく怨恨晴らせる。ようやく、うぉまえの未来を、うぉれの色に塗り替えられる……‼』

　ンナバドゥは愉悦の声とともに『カァッ』とビスコを跳ね飛ばし、続く怨恨の波動で二人の身体を地面に釘付けにする。

『そこで見てろ。愛しの娘が、大威霊に産まれかわる様を！』

「やめろ――――ッッ‼」

　ビスコは波動によって自身の肉が焦げるのにも構わず、その手を突き出す！

「シュガ――――ッッ‼」

『塗り替えられし未来たちよ。怨恨のほむらと化し、うぉれに力を与えろ！　うぉれの手に、宇宙母シュガーを与えたまえ――ッッ‼』

ンナバドゥがその身体を振りみだし、全力で呪印を切れば、男児シュガーの身体を、夥しい数の魂が包み込んでゆく。

男児シュガーは大量の魂の中で輝き、やがて小さく渦巻く銀河となった。

『おおっっ……新しき宇宙の、卵だ!!』

「——い、いやああ——っっ……」

『さあ、菌神シュガーよ！　新宇宙を受胎するのだっっ!!』

産まれし新宇宙はそのまま、眠る菌神シュガーのお腹へ吸い寄せられてゆき——

とうとう二つをひとつにして、凄まじい爆発で一帯を包み込んだ！

ずわうっっ!!

「うわああ——っっ……」

『うぉぉ——っっ!!　やった、成功だ！　成功——ギャ——ッッ!!』

一帯の地盤すらめくりあげるその衝撃。数百メートルを吹き飛ばされたビスコとレッドは、傷ついた全身を奮い立たせて起き上がる。

「う、うう……」

風に喰い破られた皮膚が、ぼとぼとと鮮血をこぼす。ビスコは気絶したレッドを助け起こそうとして、それまでシュガーがいた中空をふたたび睨んだ。

あたりに立ち込める砂煙が晴れてゆけば、そこには……

『畏れろ、生命……』

世界すべてを後光で照らす、大女神の姿がそこにはある。はためくキノコの羽衣の内側は、それ自体が宇宙になっており、昼の青空を、まるでそこだけ夜の形に切り取ったように、美しく星々を瞬かせている。

『これなるお方こそ、宇宙母シュガー』

「シュガー……!!」

長い睫毛はまばたくたびに星の光を放ち、小さく繰り返す呼吸は、きらきらと虹の輝きを吐き出す。すでに自分よりも大人びた容姿の大女神が、しかし自分の娘であるということは、呼びかけるビスコにはすでにわかっている。

『あらゆる世界、あらゆる時空、あらゆる生命を滅し……そして、新たな宇宙を身ごもり、お産みになる、新世界の母なり』

「宇宙を、身ごもった、だと……!!」

『そうとも。そして――』

宇宙母シュガーの掲げる掌の上で、王冠を戴いた一匹の羽虫が、狂喜に踊り狂った！

『このうぉれがっ!!　新宇宙の仕込み主。大宇宙父ンナバドゥ!!　新たな世界の、父となる存在なのだ!!』

「――」

『そうだよな？　マイダ〜〜〜〜リン？』

《はい。》

《あなた。》

　瞬間、

　ビスコの身体（からだ）は、限界を越えてカッ飛んでいた!!　弓を持つのも忘れ、宇宙母シュガーの胸に抱かれる羽虫めがけて、鬼神となって襲い掛かる！

『げエッ』

　それを見たンナバドゥはビスコの殺気に総毛立ち、悲鳴を上げてシュガーにすり寄る。

『く、来る。シュガー、助けろ!!』

《はい。あなた。》

　どずんっっ!!

　ビスコの拳が、ンナバドゥへ振り下ろされる寸前、

「――!!」

　その腕は、すでに肩口から斬り飛ばされていた。宇宙母の指がわずかに閃（ひらめ）いただけで、ビスコの超信力（ちょうしんりき）は紙きれのように打ち破られたのである。

「ぐ、お……‼」

『ヒャアッ。血が』

びたびたびたっ！　と降り注ぐビスコの血を身を捩って避け、ンナバドゥは荒い息をつき、忌々しそうにがなった。

『もっと早く助けられないのか、バカ嫁！』

《あなた、ごめんなさい。》

「シュ……ガー……‼」

『まあ、そういうわけなので、』

残る片手で、必死に娘を掴み、中空にぶら下がるビスコ。それへ向けて、乾いた声でンナバドゥは言い募る。

『僕ら幸せになります。祝福をください、お義父さん』

「シュガー……。帰ろう……」

全身を鮮血に塗れさせたビスコの声が、宇宙母の耳にとどき、ひととき、わずかな感情をその眼に芽生えさせる。

「帰ろう、一緒に。ミロのところへ……！」

《……あなた。》

『なんだいダ～～リン？　大人になったら美人だねえ。ちゅっちゅ！』

《この人間は、なんですか？》

『ええっ！　そりゃうぉまえ！　なんてことだ。お義父さんを、赤星ビスコを、忘れてしまったのかい⁉』

ンナバドゥは大仰に驚いてシュガーの睫毛に留まり、大きくそれを揺らす。

『うぉまえの大事な大事なパパじゃないかあ。おまえは宇宙母になるまえ、パパとママのことを、誰よりも愛していたんだよ』

《──そう、なのね。》

シュガーとビスコの、ともに輝く翡翠の眼が、そこでしっかり合い、互いの顔を映す。きらきらと反射する瞳が、千より多くの言葉を、一瞬で交わした。

『おおおっ！　なんてことだ。記憶をたとえなくしても、絆は死なない。娘と父の、切っても切れぬ心のつながり‼』

『なんて感動的なんだぁ〜っっ！』

『──で、いつまでやってんだ、コラ？』

『殺せ。』

《はい、》

《あなた。》

ずばんっっ!!

宇宙母の指から、宇宙そのものが光線となって迸り、ビスコの翡翠の左瞳を貫いた。ビスコは夥しい鮮血とともに宙を転げ落ちながら、それでも最期まで、シュガーの姿を見つめ続けていた。

あとがき

わたくし暇な人間である。

お酒も飲まず、誰と遊ぶでもなく、延々と暇でおる。

気楽なやつだなあと思われるだろうが想像してみてほしい。いざ、無限に広がる暇の海を目前にして、はたして世の人のどれだけが耐えうるだろうか？

暇であるということは……

内なる自分と向かい合い続ける、ということなのですよ。

忙しくしておれば、自然と視線は外側の社会へ向き、人間は内なるおのれを忘れていられる。

しかし暇という檻（おり）の中では、人間は自分とたった二人きりで、終わりのない禅問答を延々と続けなければならないのだ。

なんとおそろしいことではないか。

……えっ。

大袈裟（おおげさ）な言い訳はやめて、早く本編を書けって……？

あとがきまで来て正論はやめてもらおう。

さておき、

なんで「暇」の話をしたのかというと、「自分と向かい合う」とはどういうことか？　「自己愛」とはなにか？　というのが、今巻のテーマだからである。

「おまえ、自分が好きか？」

この質問をミロにしてもハイの一言で即答される（自己愛パンダなので）が、一方のビスコは、どう答えたものか困った顔をするだろう。

わからないからだ。

ビスコの矢のような人生は、常に献身とともにある。「誰のためでもない、自分のために生きているだけ」と当人は思っているのだが、そもそも彼の生き甲斐が、誰かのために血を流すことなのである。

立派だ。しかし、

なんとも不器用なことではないか……。

身を切るばかりが献身ではないのだ。ビスコがもう一歩、勇気をもって誰かを愛するためには、おざなりの「自己愛」を磨くことが必要だと思った。

だからわたくし筆者が一席もうけて、ビスコとビスコを向かい合って座らせ、二人（一人？）の相互理解をこころみたのである。

結果はご覧のとおりで、筆者も安心しました。

今後ビスコもストイックになりすぎず、適度に自分を愛して、よりミロとの相棒関係を深めてゆくことができるだろう。

……ん？

今後……？

そうなのだ。

まだ、この物語には続きがあるらしいのだ。

錆喰い（さびく）ビスコは本当は、この9巻で完結するつもりだった。

理由はもう簡単で、

（想像力の限界……）

なのであった。いや、正確に言えば、3巻ぐらいからとっくに限界だったのだが、奇跡に奇跡を重ね、血と汗と涙で今巻までを執筆してきた。

だから9巻を書き終えたときは、筆者として大変に安心したものである。

これでこの物語に、責任を負うことができた——

そしてふと、結末を見て愕然（がくぜん）とする！

こ、これ……

終わってないじゃないか……!?

どう見ても話が続いてる。

無責任なこと言うなとお思いだろうが、瘤久保（こぶくぼ）慎司（しんじ）はいちおう筆者ということになってはいるが、ビスコやミロ、作品宇宙をコントロールする力は持たない。

起こったことを書くだけなのだ。

だから終わらなかったのならそれはもう、仕方ない……。

錆喰い（さびく）ビスコはあと少しだけ続く。

読者さまにおかれましても、どうかビスコとミロの行く末を、最後まで見守っていただけると嬉（うれ）しいです。

それでは、また。

瘤久保（こぶくぼ）　慎司（しんじ）

「相棒は、いつも一緒？死ぬときも？」

「そうだ。」

The world blows the wind erodes life.
A boy with a bow running
through the world like a wind.

錆喰いビスコ

【さびくいびすこ】

SABIKUI BISCO

SHINJI COBKUBO PRESENTS

10

—最終巻—

—約束—

◉瘤久保慎司著作リスト

「錆喰いビスコ」（電撃文庫）
「錆喰いビスコ2　血迫！超仙力ケルシンハ」（同）
「錆喰いビスコ3　都市生命体「東京」」（同）
「錆喰いビスコ4　業花の帝冠、花束の剣」（同）
「錆喰いビスコ5　大海獣北海道、食陸す」（同）
「錆喰いビスコ6　奇跡のファイナルカット」（同）
「錆喰いビスコ7　瞬火剣・猫の爪」（同）
「錆喰いビスコ8　神子煌誕！うなれ斉天大菌姫」（同）
「錆喰いビスコ9　我の星、梵の星」（同）

本書に対するご意見、ご感想をお寄せください。

ファンレターあて先
〒 102-8177　東京都千代田区富士見 2-13-3
電撃文庫編集部
「瘤久保慎司先生」係
「赤岸K先生」係
「mocha先生」係

本書は書き下ろしです。

電撃文庫

錆喰いビスコ9
我の星、梵の星

瘤久保慎司

2023年８月10日　初版発行

発行者　山下直久
発行　株式会社KADOKAWA
〒102-8177　東京都千代田区富士見2-13-3
0570-002-301（ナビダイヤル）
装丁者　荻窪裕司（META＋MANIERA）
印刷　株式会社暁印刷
製本　株式会社暁印刷

ISBN978-4-04-914037-8　C0193　Printed in Japan

電撃文庫　https://dengekibunko.jp/